VTuberなんだが配信切り忘れたら伝説になってた7

七斗 七

ファンタジア文庫

3307

口絵・本文イラスト　塩かずのこ

コメ欄が興奮というより阿鼻叫喚なの草
流石ライブオン、V界の終点にして底辺
て、底辺言ってやるな！　人気はあるから！
原点にして頂点VS終点にして底辺
マナちゃん、その人は卒業は卒業でも
人間卒業した人だよ
graduation live
星乃マナ
卒業配信
#超新星爆発
VTuberなんだが
配信切り忘れたら
伝説になってた［6］

いままでのあらすじ

9,999,999,999回視聴・2023/01/20　9999　155

シュワちゃん切り抜きch
チャンネル登録者数 15万人
登録済み

かーぞく【家族】の解説

1・『家』によって結ばれた共同体。

2・民法旧規定において、戸主以外の家の構成員。

3・日本のVTuber事務所『ライブオン』に所属し、一番つまらない朝霧晴、サザエだけじゃなくサ○エさんも食べられる宇月聖、宇月聖の髪の毛を狙う神成シオン、洗脳された昼寝ネコマ、自称二重人格の心音淡雪、スト○○と心音淡雪の正妻を競っている彩ましろ、Bluetoothを許さない祭屋光、脳内がドゥルドュルの柳瀬ちゃみ、淡雪のペットになりたい相馬有素、メタル系イケメンマリア様の苑風エーライ、バブリエルの山谷還から成る集団。

第一章

五期生1

「もうすぐだね」

「ですねー、ドキドキです……」

「いよいよ私が先輩になる日が来たのでありますか……」

「ふふっ、どう有素《ありす》ちゃん？　自分の成長感じちゃった？」

「うーん……正直実感0であります」

「だよね、僕もそうだった」

ライブオン五期生のデビューが発表されてから約一ヵ月、とうとうその日がやってきた。

四期生がデビューした時は1人で見ていたから、今回は趣向を変えてましろんを誘ってみることにした。その後更に有素ちゃんからもお誘いがあり、結局今のように3人で見る形になっている。四期生のデビューの時と同じく主役を立たせるために既存メンバーは配信がお休みなので、ほぼリスナーさんと同じ視点だ。

さて、いよいよ予定時刻まで後数分――

「3人ですから、ここから三ヵ月は波乱の日々の予感がするのであります」

「あー、四期生の時とはデビューの仕方が違いますからね」

「あれらをいっぺんにデビューさせた方がおかしいんだよ」

そう、実は今回の五期生のデビューは四期生とは異なり、合計3人いることは告知されているが、今日デビューするのは1人だけだ。

そして今日から一ヵ月後に2人目、同じく期間を空けて3人目と、順番にデビューする形態になっている。

あまりにも濃いキャラが一堂に出てきては、リスナーさんを困惑させてしまうだろうという考えからの試みのようだ。

なので、今回デビューする五期生の配信時間も私たちのデビューと比べて、はるかに長い時間が与えられている。要は運営さんは一人一人を受け入れられやすくしたいのだと思う。

その方が新人ちゃんにとってもありがたいだろうし、私としては大賛成だ。

だが——この試みをやる時点で濃いキャラクターが勢揃《せいぞろ》いですよと事前申告されているようなものなので、私としては楽しみやら不安やら複雑な心持ちである。

：wkwk

：もうちょい

：なんか心拍数上がってきた

：本当にライブオンが増えるのか、世界は広いな……

：雑巾マンとか出てきそう

視聴中の配信枠では待ちきれないとばかりに絶え間なくコメントが流れ続けている。

「うひゃー！　待機人数えぐすぎであります！　私の時よりずっとずっと多いのでありますよこれ！」

「ほんとだ……この人数の前でデビューすると考えると、僕でもガチガチに緊張するかも」

「私だったら逃げてますね」

「おいコラライブオンのエース」

「逃げるなエースであります！」

「私は前の時代の逃亡者じゃけぇ！」

「まぁあわちゃんの今は酒に逃げた結果だからね」

「ましろん、そんな辛辣なこと言わないで……」

「そうでありますよ。スト〇〇の方から来たのであります」

「有素ちゃんは有素ちゃんでなにを言っているの……？」

そんな戯《たわむ》れからの笑いも束《つか》の間《ま》、配信画面が切り替わり、私たちは息をのむ。

ライブオンは隠すのが好きなのか、ここまでの前情報は待機所に貼られていた新ライバーのシルエットのみ。その黒塗りが――今解かれた！

『ごきげんよう皆の者。私の名前は宮内匡《みやうちただす》。偉大なる宮内家の一人娘にして才華女学院《さいかじょがくいん》の三年生であり、そこの生徒会長も務めている。よろしく頼むよ』

「「「おおおお……」」」

3人揃《そろ》って感嘆の声をあげてしまう。

デビュー配信とは思えない堂々とした挨拶。中音域から語尾が下がる特徴的な喋《しゃべ》り方からは、まるで私のような庶民は触れてはいけないような気品を感じさせた。

そして世に解き放たれたその姿――

吊りあがった目力のある鋭い目元に、内に秘めた強い意志を感じさせる黒の瞳。

ふわふわとボリュームがあり、背後に大きく広がるオレンジ色のロングヘアーは、まるで燃え上がる炎のようにも見え、前髪の分け目を美しい蓮《はす》の花が彩《いろど》っている。

その第一印象は――

「かっこいいのであります！」

この有素ちゃんの言葉に尽きる。

「洗練されたデザインですね……髪飾りとしての蓮の花が、鋭すぎる造形に品を足してバランスを取っているのが見事です」

「僕としては服もいいね、まだ上半身しか見えてないから詳しくは分からないけど、多分通ってるって言ってた学院の制服なんじゃないかな、すっごい華やかだ」

私と有素ちゃんもではあるが、特にましろんはイラストレーターとしてもお好みのデザインだったようで、明らかにテンションが上がっている。

：きちゃあああああ!!

：ごきげんよう!!

：かっけぇ！

：お上品だ……でもかっこいい……

：なんか炎の淑女って感じ
勢いは最早《もはや》読む暇が全く無い程になり、盛大に新ライバーを歓迎しているコメント欄。

本当なら私達も交ざりたいところではあるが、新人を緊張させないためライバーからのコメントは運営さんからNGが出ている。今回は傍観に努めよう。

それにしても一発目からこの風格——これがライブオン五期生か——

『このような大人数がこの宮内の為《ため》に集まってくれたこと、心から光栄である。偉大なる宮内家の一員として誇りに思う。……さて！　堅苦しい挨拶はこのくらいにするか！　ははっ、驚いたか？　宮内家の家名を背負う者として恥ずかしい挨拶は出来ないのでな、緊張を与えてしまったのなら謝罪する』

：お、少し雰囲気が柔らかくなった

：余裕あるなー

：これ本当に新人か？

：一人称名字なんだ

：初めてのタイプかな？

：全身見たい！

どこか厳格さがあった挨拶から、凛々《りり》しさは残しながらも親しみやすさがある声色へと変化した。

……初配信で自分ではなくリスナーさんに与える緊張のことを気遣えるだと？

私の初配信とかもうかみっかみで声震えまくりで自分がなに言ってるのかすら分からなくなる有り様だったのに……。

今のライブオンは合格倍率がとんでもないことになっているはずだ。そこを突破したというだけで、もう新人の域を超えているのかもしれないな。

『そうだな、宮内は偉大なる宮内家の生まれを心から大切に想《おも》っている、私が宮内と自称するのもその証《あかし》のようなものだ。次は全身が見たい？　勿論《もちろん》構わんよ！　これは宮内の通っている由緒《ゆいしょ》正しき才華女学院の制服なのだ！　家名もそうだが、通っている学校も宮内にとって大切なものだ、是非とも覚えて帰ってくれ！　ほら、腰のところに髪と同じ蓮の花の刺繍《ししゅう》があるのが分かるか？　蓮の花の花言葉は清らかな心、学校のシンボルでもあるんだ。まぁ流石《さすが》に髪のものは造花だがな』

制服を見てもらえるのが嬉《うれ》しいのだろう。嬉々《きき》とした様子でズームを遠ざけ、全身を映してくれる。身長は……意外と平均的かな？

「おおおすっげぇ！　清楚《せいそ》なのにエロい！　やっべぇ！」

「ましろん、テンション上がりすぎてキャラ崩壊してますよ……余程好きなんですね……」

「でも分かる気がするのであります。私や晴《はれる》殿のものとは全く違うタイプの制服なのであります」

匡ちゃんの着ている制服は、極端なほど肌の露出が少ないものだった。袖まできちっと布地があり、スカートは一切の露出を許さないよう足首まであるかなりのロングタイプだ。

イメージとしては、セーラー服とシスターが着る修道服を合わせたようだと私は感じる。お嬢様学校の制服みたいな？

ただ、これだけでは少し古臭さを感じる服にもなってしまう。だが、この衣装はここに上品なセクシーさを足すことで華やかさと現代性を出すことに成功していた。

カラーはかなり派手な赤を基調とし、胸などの女性らしさが出る部分は白に、そして全体的に体のラインが出るようピタッと張り付くようなシルエット。

匡ちゃんの放つ上品さを邪魔しない絶妙なバランスでありながら、VTuberらしい華やかさを両立しているわけだ。

素肌をあえて見せないのって……いいよね！

『どうだどうだ？　美しい制服だろう！　可憐《かれん》で品性があり、なによりクリーンだ！』

：確かにこれはかわいいとかより綺麗《きれい》な制服だ

：これをめっちゃかっこいいイケメン女が着てるわけだからもうね

：ビジュアル強すぎ……

：やっぱりお嬢様学校なんすか？

：名前からしてそうっぽい？

『うむ、才華女学院は風紀と品格を重んじる学校だ。学院とは言っても宗教との兼ね合いは薄くなってしまったから今のように学校と呼ぶことが増えたが、品行方正な生徒たちばかりの素晴らしい学《まな》び舎《や》であるよ』

おー、やっぱりお嬢様学校なんだ！

いいなー、なんか憧れるなー……まぁ実際に通うとなると、校則とかめっちゃ厳しくて私には息苦しいのかもしれないけど……。

：紳士の私からするととてもエロいと思います

：胸のところ白いのが強調されててエロい

：もうこれ丸出しでいいだろ

制服に関してはコメントも絶賛の嵐、これは外見から与える第一印象の摑《つか》みは大成功だな。

そう思った矢先だった――

『そこの者！　今なんと言った⁉』

嬉しそうに制服を見せていた様子からは一転、まるで的の中央を射る弓矢のような鋭い匡ちゃんの声が、私たちを含めたリスナーさんたちを凍らせた。

『胸が丸出しでいいだと？　そう言ったな！　表立って！　もしそれ以上なにか性的なことを言おうものなら、この宮内は本当に怒るぞ……』

一瞬にして張り詰めた空気――コメント欄はここまでライバーをやってきた私が初めて見るくらいピタッと止まってしまった。

これ……やばいんじゃない？

「これはまずいかもね」

「でありますね」

ましろんと有素《ありす》ちゃんも私と同じ危機感を覚えているようで、声が強張《こわば》っていた。

私たちが覚えている共通の危機感、それはいうなれば一線を越えるか越えないかである。

こうやって大勢の人の前でなにかを喋る場合、その内容に絶対に越えてはいけない一線のようなものが発生する。倫理だったり政治だったり世論だったり様々だが、それはカオスと名高いライブオンですらある。いや、この場合はむしろライブオンが長い時間をかけて作り上げてきた世界観があるからこそそのラインというべきか。

それを、今この子は越えようとしているのではないか？　勘でそう思うのだ。

『貴様らライブオンはいつもそうだ！　本来であれば恥ずべきことをまるで恥じず、隠すという言葉を忘れたかのようにペラペラと口にし形にし、思考を停止してそれを楽しんでいる。これは余りに愚かで下品な行為だ！　規制しなければならない！』

そんな私たちのことも知らないで、どんどんとその一線を走り幅跳びのように豪快に越えるための助走を付け始める匡ちゃん。

やばい！　これやばいって！

『いい機会だ、ここで宣言しよう！　なぜここで怒りを露《あら》わにしている宮内がライブオンに入ったかだ！　宮内はな、この下品なライブオンをクリーンに！　正すためにここにきたのだ！　言うなればアンチライブオン！　貴様らを倒しに来た！』

「一応運営さんに連絡する？」

「そうしましょうか」

「口調が明らかに冗談ではないのであります！」

別に私たちを非難するのは構わないが、それ以上に、彼女が話している内容はライブオンの自由さを好み、楽しんでいるリスナーさんを敵に回してしまう可能性があるものに感じられた。匡ちゃんのこれからの為にも、ここで一旦止めて軌道修正かなにかするべきだと思ってしまう。

『宮内は』

にしてもどうしたライブオン⁉　変人でありながらも前提として輝ける人を見つける良《い》い眼《め》を持っていたはずじゃないのか⁉

まずい、私にはなんとなく分かる、彼女が今まさに一線を飛び越えようとしているのがッ――

『宮内《みやうち》は！』

くッ、間に合わないかッ――

匡《ただす》ちゃんは私たちの手を振り切り、全速力の助走と共に遥《はる》か先を目指して大きくジャンプを決め――

『宮内は‼　隠されたものにとてつもなく興奮するんだあああぁぁぁ――‼‼』

「「「は？」」」

そして、地球を一周して一線の前に帰ってきたのだった。

シーンとなった空間に匡ちゃんの荒くなった呼吸音だけが流れる。

そして数秒後、水を得た魚のように、凍り付いていたコメント欄が荒ぶり始めた！

：は？
：え、いまなんて？
：草
：!?!?
：火事を警戒していたら隕石《いんせき》降ってきたんだが!?
：覚醒タイプかと思ったけどまさかこいつ、開幕ぶっぱタイプのライブオンか!?
：そういう性癖かい！
：やっぱりライブオンじゃないか!!
：なぜか安心してる
：性癖開示ＲＴＡの走者の方でしたか……
：見えないものを見ようとすることが好きなタイプ、きっと趣味は天体観測だな（すっとぼけ
：明け透けよりそっちの方が好きな人もいるよね……
：～今回の一句～　ライブオン　アンチもやはり　ライブオン
「あっ、もしもしマネちゃん？　突然ごめん、ライブオンってさ、おっぱいマウスパッド出さないの？」

「ましろ殿⁉　なに聞いてるでありますか⁉　帰ってくるのでありま――す‼」

「うんそうそう、おっぱいマウスパッド。出そうよ、いいよね？　皆の乳揉《も》みたいよ僕。だよね、出ると嬉しいよね。は？　ましろさんのおっぱいマウスパッドは実用性ありそうですね？　しばくぞゴラ」

「あ、もしもし鈴木《すずき》さん？　おっぱいマウスパッドの商品化希望の話していいですか？　だめ？　そうですか……」

「先輩２人が壊れたのであります……」

「電話かけちゃってたんだから仕方ないじゃん」

「あはは……冗談はこのくらいにして、嫌な危機感は消えましたね……多分」

そんなことを話していると、匡ちゃんは謎の熱弁を再開していた。

『聞け皆の者！　人類がなによりも興奮を覚える時、それは隠された真実を探求している時ではないか？　その背徳、その秘匿、それがあるから人は知恵を求めることをやめられないのではないのか？』

……うん、ここまでくると、超展開で思考が一度停止した私たちにも理解が追い付いてきた。

おそらくこの子は、ライブオンの才能を持ちながらも、その思想がアンチライブオンという前例のないタイプのライバーなのだろう。

『宮内は言いたい！　胸を丸出しにしているより程よく強調した服を身にまとっているほうがよっぽど官能的であると！　これはなにも性の話だけではない、例えばホラー、つまりは恐怖だ。洋画でありがちなただただ血が派手に噴き出すだけの展開など趣味が悪いだけだ！　宮内が求める恐怖は心理的な恐怖、まるで一歩踏み出し一秒が流れることからすら逃げたくなる真なる恐怖だ。そこには血など匂わせる程度でいい。己の体にも流れているると知っているものなどより、理解ができぬなにかが先に潜んでいるほうがよっぽど怖い、そうではないか⁉』

「ほー、この話、僕分かるかも」

「そうなんですか？」

「うん。ホラーに関してとか特に。僕前にとあるホラーゲームをやってね、基本的に一ヵ所だけ曲がり角がある廊下を何度もループするだけって内容なんだけど、不思議とそれが本当に怖かった。怖すぎて僕途中で泣いてやめちゃったもん」

「え⁉　な、泣いちゃったんですか？　ましろんが？」

「ぁ……」

「ニヒヒッ、意外とかわいいところもあるのでありますな？　ましろ殿？」

「う、うっさい！」

『今あげた二つの話に共通しているのは、人が想像を働かせている点だ。ああかもしれない、こうかもしれない、そうやって次々に生み出される思考は外から与えられたものではなく自分の考えであり、だからこそ自分に合った最大限の感情を呼び起こすものでもあるのだ。どうだ？　全く理解できぬ話ではないだろう？』

：おお

：なるほど……

：天才か？

：正直キレた時は嫌なやつかと思ったけど、確かに分からんことはないな

：同意だ、ジャパニーズホラーは良いよな

：でも俺分かるぞ、多分この子アホだって

：草

『まぁ宮内もある程度素を見せることを否定する気はない、皆同じなどそれこそ不気味だ。だが！　このライブオンは一体なんだ⁉⁉』

少し冷静になっていた匡ちゃんの口調が再び火を放つ。

『皆まるで息をするように下ネタは飛び出るわ意味不明なことは言い出すわ奇行は起こす

わ、ここは地獄か⁉　どう考えても突き抜け過ぎだ！　和の心はどうした⁉』

：草草の草

：勢いがすごい

：地獄と書いてライブオンと読む

：・ロ・の心ならあるぞ

：言われてますよライバー諸君

『言っておくがその環境を楽しんでいる皆の者も変わらないからな！　これは由々しき事態だ！　規制しなければならない！　ライブオンのような環境が現在大きな人気を誇りファンを増やし続けている事実、なんて恐ろしい……このままでは……このままでは世界全てがライブオンに汚染されてしまう！　宮内はこの世界の危機に対して正々堂々戦うため、こんな場所に来たのだ！』

：そんなわけないだろ！

：ほらアホだ

：未来視失敗してますよ

：穏やかじゃないですね

：誇大妄想が過ぎる

：こんな場所で竹

：ミヤウチィ!!

捲《まく》し立《た》てるように言葉を並べる匡ちゃん。

彼女は最後に『いいかよく聞け』と念を押した後――

『先ほども言ったように、この宮内はアンチライブオンとしてこの地獄を変えてみせる！覚悟しておけ、宮内はライブオンを世界一クリーンな場所へと変えてみせるからな！』

そう私たちに宣戦布告したのであった。

「ましろ殿、淡雪《あわゆき》殿、初めての後輩がアンチだった場合ってどうしたらいいでありますか……？」

「笑えばいいと思うよ」

「私なんて初めての後輩に喉ち○こ欲しいって言われたんですからまだましですよ」

「なるほど、これが先輩になるってことなのでありますね」

絶対違うと思う。

でも……色んな意味でヤバイ新人が入って来たとは私も思うなぁ……。

『うむ、少し熱くなってしまったが、ここまでで宮内の自己紹介は終了である。ここからは皆の者、つまりはリスナーさんからの質問を受け付けるよう運営さんから指示されている。なんでも聞いてくれ、出来る限り答えよう』

そう言って水を一度飲む匡ちゃん。

よかった、要となる主張はこれで終わってくれたようだ。

それにしても、こういうところはきっちり運営さんに従うんだな……アンチライブオンを掲げているくらいだからそこには敵対的かと思ったけど、そうでもないのかな？

そう疑問を持った時、同じことを考えたリスナーさんがいたようで、コメントに質問が流れる。

：最速で性癖暴露することでシュワちゃんの得意技の性癖展開が封じられたし本当にアンチしてるなって（）

：これまだ1人目なんだぜ？

：Q&Aあじゃす！

：指示を素直に聞くってことは、運営さんとは仲いいの？

『少なくとも運営さんに反抗的ではないよ。アンチとはいえ宮内はライブオンに所属させてもらっている身だからな、方針に従うのは当然のことだ。勘違いしてほしくないが、宮内はライブオンをこの世から消すつもりではない、正して世界を救いたいだけなのだ』

：根はいい子で草

：ミヤウチィ（泣）！
：無邪気な正義感ほど恐ろしいものはないんやなって
：クリーンなライブオンなんて汚物が入ってないカレーと一緒なんだよなぁ
：それでいいんだよなぁ
：実際クリーンになったらかわいい女の子の集まりだから
：ライブオンの方が世界のアンチ説出てきたな
「純粋な悪人を連れてこないところは、やっぱライブオンの運営だなって気がするでありますね」
「だからこそどう対処すればいいのか分からないんだけどね」
「そうですよ有素《ありす》ちゃん」
「え？　なんで名指しでありますか？　結婚でありますか？」
「⁉」
「？」
：具体的にはどうやってクリーンにするんですか？
：それは俺も気になる
：相当強引な手段じゃないとあいつらは無理そう

『それは勿論《もちろん》説得である！　共に活動をする中で宮内《みやうち》の考えをしっかりと対話で伝え、自分が間違っていたと自覚させる！　己が間違いに気が付いてこそ、人は変われるのだ！』
：ガチいいやつで草草
：ミヤウチィイイイィィィィ（感動）！
：思想に比べて手段が平和的すぎる
：もう矯正無理そう
：それはもはや規制ではないのでは……？
『そもそも支配からくる制限などどこかで限界が来るものだ。さっきも言ったように宮内は正々堂々、この地獄を変えに来たのである！』
：地獄なのは変わらないのかwww
：ライブオンにようこそは英訳するとGo To Hellだから合ってる
：一応確認だけど、エロを否定しているわけではないの？
『エロの否定は人類史の否定であるぞ。自分がなぜ生まれたのかを考えれば、それを否定することが己の否定になることに気が付く。エロは素晴らしいものだ。だがライブオン、貴様はだめだ』
：ええこと言うやん

：そうだよ！
：無条件否定されるライブオンであった
：生徒会長ってどんな仕事してるの？
：そういえば学生って言ってたな
：こいつが生徒会長できるのか……？
『うむ、いかにも宮内は才華女学院の三年生であり生徒会長だ。仕事内容も一般的な学校と大差ないだろう。年だってもう立派な18歳だ。あとそこの無礼者、宮内は教師からも生徒からも信頼が厚いと自負しているぞ！　ふはは、なんと言っても自分の理想の世界を作るために動けば自然と規律は整い美しい学園を作ることになるのだからな！　あぁ、やはり才華女学院は最高だ！　宮内はライブオンをあの場所のようにしたい！』
：割と不純な理由じゃねーかwww
：まぁ内に秘めているものはかなり変態っぽいからなこの子
：お嬢様学校言うてたし、校風ともマッチしてるんやろなぁ……
「なんかあれだね、なにかが噛《か》み合《あ》えば仲良くなれそうな気がしてきたね」
「ですね。これからの活動に注目です」
「というか、嫌でも注目させられそうであります！」

：どのくらいなら下ネタとかセーフなんだろ？
：ちんちん
『きゃあああああぁぁぁ――‼　バカ！　お前、バカァ！　そういうのがダメって言っただろうが！　なんて品が無いんだ、これだからライブオンは！』
：意外とかわいく鳴くじゃねーか（嬉《うれ》しい誤算）！
：それもダメなのか……
：まぁ一般的に大人が外でちんちんって言ったら社会的に死だから
：俺たちが汚染され過ぎなんやなって
：でも分かるぞ、隠されたものを暴いた瞬間の快感はたまらないものだよなミヤウチィ！
『いや、ちょっとそれは違う……いや、違うというか、考えは似てるから否定はしないけれど、宮内は隠されたものを探求する過程が好きなのであって、その先にある答えを知りたいとは思わないというか……いや、今の者の考えも分かりはするのだがな、でも宮内はなんか違う……』
：？？
：なんだそのこだわりｗｗｗ
：ほー、隠されフェチ？　の中にも色々な考えがあるんすなぁ

ちんちん

：俺はどっちもすこ
：恥ずかしがりやなのか？　いやでもここで堂々と性癖語ってるんだよなぁ……
「……やっぱり壁は厚そうだ」
「でもあれですね、意外とかわいい反応するんですね！」
「むむ、コメント欄が萌《も》えている、意外とやり手なのであります……このまま勢力を拡大されては、淡雪殿の危機なのであります！」
有素ちゃん、多分そんな心配いらないと思う……あと私じゃなくてライブオンの危機って言おうね。
その後も質問返答は続き、その内容は表面上のものからより深いところの質問に寄ってきた。
：実際勝算はあるの？
：ミイラ取りがミイラになる結末しか見えん
：ライブオンに挑むのは一種のトラップダンジョンモノだぞ
：ライブオンになんて絶対に負けないんだから！
：一コマ後が見える不思議
『ふっふっふ、この宮内をなめるなよ？　学園の生徒会長を務める中で、既に様々な功績を残しているのだよ。このライブオンもあっという間に汚れ一つなくなるだろう！　例えばだ、宮内は保健の授業があった時、担当の女性の先生に事前に要約するとこう伝えたのだ。先生？　保健の授業でエッチなこととかだめですよ！　先生が自分の体を教材にしたりとか、生徒同士で実技させるとかだめですからね！　もしやろうものなら宮内が生徒会長として止めますからね！　とな！　本当に恥ずかしかったが、こうやって事前に防止することで学園の風紀を守ることができたのである！』

：草、もうだめだ
：そんな展開エロ漫画でしかみたことねぇよ！
：思考が思春期すぎる
：どこでそんな知識覚えたの……
：先生大困惑案件なんだよなぁ、なんて反応してた？
『数秒固まった後、諦めたような笑顔で頭を撫《な》でてきたのである。宮内の勝ちだ！』
：もう微笑《ほほえ》ましく思われてんじゃん
：恥かいただけなんだよなぁ
：これ実は生徒からも似たような扱いだろ
『流石に学校ではいつもこうではないからな！　もしもの時に動くだけで、普段は自分自

身の理想に則っておしとやかだ。だがここはライブオン！　常に全力でぶつからなければ
ここまでのカオスは正せないのである！』
「ライブオンは大丈夫そうでありますな」
「ですね」
「今度顔真っ赤で先生にお願いしてるシチュの匡《ただす》ちゃん描こ」
：隠されていた方がいいってのがまだピンとこないから、もう少し例がほしい
『ふむ、承知した。そうだな……例えば菓子のぷ○ちょあるだろう？　あっ、ハ○チュウ
みたいなやつじゃなくて縦長のプラスチック容器にグミ部分だけが入っているやつな。ア
ダルトグッズを持っているチャラい女より、清楚《せいそ》な女がその容器を持ちながら中身を食べ
ている方がよっぽどエロいとは思わないか？」
：!?!?
：はい？
：思ったより上級者ですね……
：だから妄想力が思春期男子なんよ
：人生楽しそう
：なんでそれがエロいと思うんですか？

『なんでってそれは……ギュフフ、フヒ、それはぁ、あれだよ……そのぉ、分かるだろう？』

：wwwwww

：キモすぎワロタ

：段々やばい面が表に出てきたな

：なんかニチャニチャし始めたぞ……

：頭大丈夫？

「？？　あわちゃんならこれ分かるよね？」

「淡雪《あわゆき》殿、私にも教えてほしいのであります」

「なんで２人共私が理解できてる前提なんですか？」

『む、今のでは理解できなかったか……承知した、ではもう少し分かりやすく再び菓子を例に出そう。二つのハイチ〇ウがあるとする。片方はイチゴ味、もう片方は味が伏せられていて、どちらかを食べていいと言われたらだ。余程イチゴ好きでもない限り、恐らく多くの人は興味を惹《ひ》かれ伏せられている方を選ぶだろうし、イチゴを選んだ人もなんだかんだもう片方の味が気になるはずだ。そして最も大事なのは口に運ぶまでの時間である。最初から味が分かっているのと分かっていないのとでは、この時間に揺れ動く感情が大違いだ。一体どんな味が口の中に広がるのだろう？　果物系？　ジュース系？　もしかするとゲテモノ系でまずいかもしれないなどと色んな事を考えるはずだ。そしてその時間はイチゴ味を食べる時よりよっぽどドキドキし、そして楽しい時間である。宮内が言いたいのは要はこれと似たようなものなのだよ』
：なるほど……なんとなく分かるかも
：急に真面目になるな
：いや、真面目な顔して性癖語ってるだけだからこの人
：ごめんなさい、まだよく分かりません
『ああもう！　プロって言われるより素人《しろうと》って言われた方がなんか興奮するだろう！　そういうことだよ！』
：OK完全に理解した
：それでいいのか……
：やっぱ話は簡潔な方が伝わるね
：それは隠されフェチ以外の要素も絡《から》んでるだろwww
「あわちゃん、僕経験ないからテクニックとか全然かもだけど、それでもいい？」
「な、なななななに言って⁉　いやいい！　いいけどましろんがそんなそそそそんなこ

と言ったらダメというかでもいいというか！」

「ふふっ、冗談だよ」

「淡雪殿！　私はマグロであります！」

「それはどうなんですかね……てか絶対嘘《うそ》でしょ」

「マグロって自覚あるんなら動きなよ」

「ううう……誘惑失敗したのであります……ピチピチ」

：じゃあどこまでがセーフなの？

：ラインは確かに知りたい

『ラインか……一般的な世の中の倫理観に沿ってくれれば大きな問題はないと思うが……』

：じゃあコップは？

：コップ……？

：え、なんでコップ？

『コップはセーフなんじゃないか？　……いや待て、思考を止めるな、コップ、間接、唾液、液体、溜《た》める……な、なんということだ⁉　コップはアダルトグッズではないか⁉』

「「は？」」

本日二回目のシンクロ、驚異のシンクロ率だ。

『なんということだ、規制しなければ！　だがコップなしでどうやって水分を補給する？……いや違うな、要は性的な部分を利用しないでコップを使えばいいのだ、よし！　これから水分は鼻から摂取しよう！』

「「「は？」」」

人類は一つになれる。

『言い出した以上宮内《みやうち》がお手本にならねばな、試しにやってみるのである。……ズズヴォオオエエエェ‼　ゴホッ！　ズビィ！　ゴフアアァッ‼』

：――――

：嘘でしょwww

：一体何を想像したんだ……？

：ライブオン、よくこの子を入れた

：なんで初配信で鼻から水飲んでんのこの子？

：コップは適当に言っただけでまさかこんなことするとは……まじごめん

：ガチ目の謝罪やん笑

：これもう新人じゃなくて新人類だろ

『ううう……コップは多分セーフである……あっ、もう終わりの時間！　それではな、宮内はアンチライブオンとして活動していく。敵を打ち倒すため、同志が増えることを祈っているぞ。そしてライブオンのライバー共！　首を洗って待っているがいい！　ふははははゴホォッ！』

明らかに涙声で終わりを告げ、最後は咳《せ》き込みと共に終わった匡ちゃんのデビュー配信。

それを見届けた私たちは配信終了後、コメントにもあったように、ライブオンは新人を新しい人類のことと勘違いしたのではないか説を議論し始めたのだった。

これからもライブオンは賑《にぎ》やかそうだ……。

宮内匡vs朝霧晴＆シュワちゃん

匡ちゃんがデビューしてから約一週間のことである。

この期間中、匡ちゃんはソロ配信に注力していた。どうやらまずは同じ考えを持つ仲間、彼女の言うところの同志を増やすことを最初の目標にしたようだ。

あのデビュー配信の後、アンチライブオンがトレンド入りしたこともあって、多くの注目を集めている匡ちゃん。当然配信には人が山ほど集まり、その度に彼女はあらゆる方法で自分の思想を伝えていった。

増え続けるファンに自信を付けたのか、匡ちゃんは配信で「時は満ちた！」と開口一番に言うと、とうとうライブオンライバーの説得へと挑むことを宣言した（ちなみに増えたファンの中には同志以外に匡ちゃんのおもしろキャラに惹かれただけの人も多いだろうけど、本人は気にしていない、いつかの同志とのこと）。

まぁ私たち風に言うならコラボをすることにしたということだ。ここまでで一週間。

そしてコラボ先との予定を合わせ、いよいよ迎えた今日、匡ちゃんの初陣《ういじん》。

「ごきげんよう皆の者。偉大なる宮内家の一人娘にしてアンチライブオン、宮内匡である。今日は待ちに待った戦いの日である。ライブオンをクリーンにするため、どうか同志であるリスナーさん達も応援してほしい。それでは……敵を呼ぼう」

対戦相手はこうだった。

「やほやほー！　皆の心の太陽にしてライブオンの原点、朝霧晴の日の出だー！」

「プシュ！　ごくっごくっごくっ、あああああ！　なんかシュワじゃないと倒す意味がないとか言われたんでスト〇〇ガンギマリ！　ライブオンのアイツ、シュワちゃんだどー！」

：対戦ありがとうございました

：負けイベントじゃん
：無双竜機ボルバルザ○ク
：どうやったらここまで人選ミスできるの？
：なんで初戦からラスボスと裏ボスを同時に相手しようとしてるのこの子？
：流石《さすが》ミヤウチィ！　俺達の想像を超えるぜ！
：ダ○まちの迷宮を下から攻略しようとしてる女
：アンダ○テイルと間違えたのかな？
：おんなのこ
：ダークエルフ
：クジンシー
：漆黒の騎士
：ベアトリクス
：シュワちゃん絶対飲めるの喜んでるでしょ
　私が言うのもなんだがこの子はおかしいと思う……。
「ふっ、すたこらと逃げなかったことは褒めてやろう。だが今まで悠々と楽しんできた悪行も今日で最後だ、覚悟するんだな！　晴先輩！　シュワちゃん先輩！」

「あ、先輩呼びしてくれるんだね、意外」

「当然だろう晴先輩？　ライブオンでは先輩呼びが推奨されているからな！　ルールは守らなければ！」

「私ってやっぱりさ○なクンみたいにシュワちゃんまでが名前扱いなんだね、あとシュワちゃん様と呼べ」

「シュワちゃん様！　これでいいか？」

「ごめん、先輩のままでいいよ。匡《ただす》ちゃんはいい子だね」

「当たり前だ！　そして貴様らは悪い子だ！」

「うん、なんだか今のやり取りで自分がどれだけ汚れているかを知ったよ」

「勝った……パパ、ママ、私はやったよ……」

「シュワッチ⁉　なに負けそうになってんだ！　ライブオンの危機なんだぞ！」

「おっといけねぇいけねぇ、我が家を守らねば」

：ええ子や……

：裏ボスが寝返るな、ダ○クドレアムか
：1ターンキルされたから仕方ないね
：パパママ呼びなんすね、かわいい

：てか本当になんでこの２人を選んだんや……

「ふっふっふ！　なぜこの２人か？　よく考えるのである！　他のライバーを正しても、大本であるこの２人を倒さなければまたすぐ悪に堕《お》ちるぞ！　まずは大本の供給源を断ち切ってから他のライバーを説得しなければ意味がないのだ！」

「あのー、晴先輩が大本なのはそうだけど、私はそうじゃなくね？　私三期生だど？」

「自分のしたことを覚えてないのか貴様は⁉　貴様が本気を出してからというもの、まだ比較的マシだったライバーもことごとく悪に染まり、ライブオンのカオスさは決定的なものとなっただろうが！」

「いやーそれほどでもないっす」

「褒めてな――――い‼」

いい反応してくれるなぁこの子。リアクション芸人の才能があるかもしれない。

：考えたなミヤウチィ！

：最初の一歩が全体の半分の別解釈

：ライブオンに起こった事件のほとんどに絡んでるからなこの酒

：そして今日匡ちゃんも……

「そんなわけはない！　宮内は明確に敵対しているからな、今までのライバーと一緒と思われては困るぞ」

「……ねぇ晴先輩？　今更なんですけどなんでこの子採用しようってなったんですか？」

「んー？　最近は私もライバー活動を重視してるから今まで程は関わってないよ？　最終確認くらい」

「最終確認したってことは、一応選定に関わってはいたんでしょう？　いや今のところ正直危機感はないですけど、一応アンチって言ってますからいいのかなと……」

「私の上腕四頭筋がイケるって囁《ささや》いてたんだよ」

「それどこの筋肉ですか？　晴先輩カ〇リキーだったりします？」

「ふははは！　宮内にチャンスを与えたこと、後悔させてやるわ！　今日はしっかりと話し合って貴様らの悪行を正してやるからな！」

「わー平和的」

　こうして、匡ちゃんとの対決の幕は切って落とされたのだった。

「さて、最初に一応確認するのである。素直に宮内の意見に従うつもりはないか？」

「当然ありえないよ。この自由さこそがライブオンの魅力だからね！」

「ふむ、分かってはいたが、シュワちゃん先輩とは一戦を交えるしかないか……晴先輩はどうだ？」

「うーん…………」

「「晴先輩？」」

晴先輩は、なぜか匡ちゃんの問いに答えず悩んでいるような唸《うな》り声を繰り返していた。ま、まさかここにきて裏切り⁉　晴先輩がそっちサイドに付いたら本当にライブオンがクリーンになっちゃうよ⁉

「……ん？　あ、ごめんごめん！　匡ちゃんのニックネームどうしよっかなーって悩んでた！」

「な、なーんだ、よかった……」

「どうしようかな？　シュワッチなんかいいのある？」

「えー突然言われても……匡ちゃん……匡……ただす……ただ……す……」

「お、おい！　やめろよシュワちゃん先輩！」

「へ？」

普通に匡ちゃんの名前から良《い》いニックネームを考えていただけだったのに、なぜか非難の声をあげられてしまった。

「どうせ今、宮内をベッドに押し倒して、シュワちゃん先輩になら……匡の体はただっすよ？　とか言わせようって考えていたんだろう⁉　なんて卑猥《ひわい》なんだ、規制しなければ！」

「考えるわけねぇだろ⁉ っすよとか言うキャラでもないでしょあんた⁉ というかもうそれはギャグだろ！」

：出たよ伝統芸www

：1を与えられて10を知って9間違える女

：そんなこと言われたら逆に萎えるわ

そう、これだ。最近匡ちゃんがファンを増やし続けている理由の一つ、それがこの圧倒的な妄想力である。

デビュー配信の最後らへんでもその片鱗《へんりん》が見えたが、どうもこの子はエロ漫画で義務教育を終えたのかと聞きたくなるくらい頭の中がピンク一色である（正確に言うとエロ以外もやばい）。

その逞《たくま》しさはライブオンで恐らくトップだ、私よりすごい。なんで規制を訴える当の本人が一番その方面でやばいんだよ！

まぁつまり、隠されフェチな部分とこの妄想力が交わった結果生まれた、彼女の面白キャラとしての魅力に惹《ひ》かれてリスナーになった人が多くいるわけだ。

当初は規制を訴える真面目な人みたいな第一印象だったから、そこに面白キャラとしての親しみやすさが周知され始めたのが良かったんだろうなぁ。なに言ってるのか理解できないことも多いけど……。

「んーどうしよっかな、匡ちゃんなんか希望あるー？」

「ふっ、好きに呼ぶがいいのである。敵になんと呼ばれようがなにも思わんさ」

「そっか！　じゃあ『敵』って呼ぶね！」

「ぉうえ？」

匡ちゃん、どこからそんな声出したの？

「へ？　え、敵？　宮内《みやうち》のニックネーム敵⁉　いやいや、それはもうニックネームではないだろう！」

「えー？　でもだよ？　匡ちゃんにとって私が敵なら、私から見る匡ちゃんも敵であっていいわけだ」

「そ、そうではあるが……」

「じゃあ問題ないよね？」

「ええ？　いや、問題云々《うんぬん》ではなく」

「敵だよね？」

「………」

「じゃあ敵だね？」

「ううう……はい、敵でいいでしゅ……」

言い争いよっっっっっっわ!?!?

「こらこら晴《はれる》先輩、後輩いじめるのはだめですよー」

「おっといけねぇいけねぇ、反応がかわいすぎて調子に乗っちまったぜ」

「シュワちゃん先輩……感謝なのである」

「いや感謝以前にね、完全にぼろ負けしてたことの方を気にしなさい！　威圧感だけで屈しちゃってたじゃん！　よくそんなクソザコメンタルで晴先輩相手にしようと思ったね!?

私でも圧倒できるわ！」

「く、クソザコではない！　今のはあれだ、不意打ちをくらったから驚いただけだ！　信念の為《ため》であれば宮内は誰にも負けない！　偉大なる宮内家の一員として、敗北などありえないのである！」

「ほんとかぁ？」

「ニックネームどうしよっかなぁ……誰もまだ呼んでない呼び方がいいなぁ……」

：ミヤウチィ！　クソザコだなオマエェ!!

：ハレルンから敵って認識されたらこの世に安息の地無くなりそう

：竜に噛《か》みついた子犬
：もう空間がライブオンに支配されてるから勝ち目無さそう
「あっ！　そうだ、匡ちゃんって生徒会長やってるんだよね？　じゃあ『会長』だ！　生徒会長と言えばこの呼び方っしょ！」

「ん……そうだな、それなら全然いいな。ふふっ、よく分かっているではないか！　宮内家にふさわしい権威ある呼び名だ！」

「意外と王道なやつで来ましたね。でもいいんですか？　会長なんて上の立場に対する呼び名にしたら、これからの討論が不利になるのでは？」

「いいんよいいんよ。ただでさえ一期生なんて大層な肩書があるせいで新人ちゃんに壁を感じさせちゃうんだから、こういうところからその壁を壊していかないと。私制服着てるからその点でもマッチしてるしね、学校は違うけど」

「……まさか、エーライちゃんをボスって呼んだのもそれが理由？」

「いや、それはあの子がボスの器だから」

「なんやねん！」

「組長は盗《と》られたから会長はもらうよ！」

「盗りたくて盗ったわけじゃないんですけどね……」

相変わらず自由な人だ……。

「ああもう！　いきなり話の腰が折れてしまった！　もう18歳とはいえ宮内はまだ学生、明日学校があるのだ、こんな調子では時間が無くなってしまうではないか」

「え？」

「んん？　どうかしたかシュワちゃん先輩？」

「ああいや、なにも」

若干メタい話になるから声には出さなかったけど、もしかして匡《ただす》ちゃんマジの学生か？　それともキャラ設定を守った発言か？

もし現役の学生ならライブオン最年少になるな。……やばい、晴先輩みたいな人を合法学生とするなら、匡ちゃんは違法学生だなというキモ過ぎる発想が頭をよぎった。なんだよ違法学生って。

「まずは……そうだな、シュワちゃん先輩から説得に動くとするのである。晴先輩に比べて実例がある分相手しやすそうなのでな」

「お、あまり私をなめてたら痛い目みるよ？　こちとら晴先輩みたいな頭の回転の速さはなくともスト〇〇があるからな！」

「それ尚更《なおさら》頭の回転止めてない？」

「ふっ、晴先輩はまだ辿《たど》り着《つ》いてないみたいですからね、分からなくても仕方ないです」

「え、なんでマウント取られたの私？　てかなにでマウント取られたの？　辿り着くってなに？　頭が逆回転してるみたいな話？」

「どんな話であるか……」

やばいやばい、匡ちゃんが呆《あき》れたみたいな声出してる。

そうだ！　そういえばさっき気になることも言ってたな。

「匡ちゃん、実例ってなに？　私にそんなものあったっけ？」

「あるではないか、シュワちゃん先輩ではなく淡雪《あわゆき》先輩の姿が！　それも最近ではなく初期のものだ。あれこそ宮内の理想が形になった姿である」

「あー、なっつ、いなぁ」

あの切り忘れ事件からもうだいぶ時間が流れたから、最近は当時に懐《なつ》かしさすら感じるくらいになっていた。そういえばそんな頃もあったなぁ。

「でも理想が形になったってどゆこと？」

「ふっふっふ、つまりはな、初期の淡雪先輩は非常に素晴らしかったと言いたいのだよ」

「ええ!?」

「あの初心《うぶ》で清楚《せいそ》を名乗りながらも内面になにかを抱えているのが透けて見える感じ、

様々なことが妄想できてまさに宮内の理想であった。まぁ抱えていたのは悪魔のようだったがな！」

「悪魔じゃないよ、スト○○だよ」

「晴先輩は黙っているのである！」

「怒られちゃった、これが最近JKの間で話題の激おこスト○○丸ってやつか」

「そんなものがJKの間で流行《はや》ってたまるか！　しかも絶妙に古いし！　というかあなたも制服着てるんだからJKであろう！」

「え、私JKに見える？　えーそっかぁ照れちゃうなぁえへへへへ」

「なぜJKがJKに見えるって言われて喜んでいるのであるか……？」

「私ね、活動開始からもう三年以上経《た》っちゃってるんだよ。逆に聞くけどどうやったらJKとして見てもらえるの？　留年言うのも最近限界が見えてるんだよ？」

「……なんかすまないのである」

　2人が話している中、私はまさかのことを言われた衝撃で驚愕《きょうがく》していた。

　まさか今の私を否定され、昔の方が良い、しかも理想とまで言われることが起きるとは……。

　まぁ世の中には、どんな変わったものでも好きになる人が少しはいるくらいには多種多様な価値観が渦巻いているから、不思議な話ではないか。当時から応援してくれている古参勢のリスナーさんもいるわけだしね。

「それにしてもあれだね。匡ちゃんよくそんな昔の私のこと知ってるね？」

「当然だ。なにかを批判する時は、その批判対象のことを深く理解していなければいけない。でなければあまりに失礼であるし、なによりそうでなければ的を射た批判などできない。宮内はアンチライブオンを決めたその日から徹底的にライブオンライバーのことを勉強している。ライブオンを知ったの自体はそう昔ではないが、知識量なら簡単に負けたりしないはずだ。無論これからも勉強するつもりであるしな」

「ええ子や！　シュワちゃん感動しました！」

「それ自体は素晴らしい心掛けだけど、問題は批判理由が自分の欲求の為に傾きすぎな点なんじゃ？」

「「…………」」

「あっ、ごめん……」

：宮内えらい！

：あっ……

：黙っちゃったじゃんｗｗｗ

：ハレルン、やめてあげて
：自分の欲求に正直な点は紛れもないライブオンだからなこの子
：えっぐいボディブロー入ったな
：ミヤウチィ！　負けるなぁ！

「そ、そうだ！　宮内は自分の為ではなく、世界がライブオンに汚染されてしまう、つまり世界の危機の為に戦っているのだ！」

「そうですよ晴先輩！　デビュー配信でも言ってましたし！」

「うん！　そうだね！　よちよち、ごめんな会長？」

あっぶねぇ！　明確な動機を用意していなかったら、危うく今ので勢いに呑《の》まれて匡ちゃんが即落ちするところだった……マジの即落ち二コマになるところだったよ……。

……もうこれ二対一とかの話じゃなくて、ライブオン全員で晴先輩に討論挑んだとしても勝てないんじゃないか？

：ほっ……
：なんか冷や汗出たわ
：ライブオン好きだから匡ちゃんが勝ったら困るけど、今のは安心した笑
：匡ちゃんよわい（小声）

：シュワちゃんありがとう！　ミヤウチを頼んだ！

……え？　なんで私が匡ちゃんをフォローする側に回ってるの……？

根がいい子っぽいし、なんかクソザコの残念感がすっごく漂う子だから、対応に困るな……。

「そんなわけでだ！　宮内はあの頃の淡雪先輩に戻ってほしいのである！　あの清楚だった頃の姿がもう一度見たいのだ！」

「あの頃ねぇ……そうは言ってもね、あの頃の私ははっきり言って人気なかったわけだよ。今更戻るのなんて誰も期待してないんじゃゃ？」

「それは淡雪先輩の魅力にリスナーさん達が気が付いていなかったからである！　心配はいらない、この宮内《みやうち》が広めよう、初期淡雪先輩の良さを！」

そう言うと、匡ちゃんは待ってましたとばかりに自分の思想を、初期淡雪に当てはめて語り始めた。

「まず、当時の淡雪先輩には色気があった！」

なん……だと……？

この私に色気だと？　初めてそんなこと言われたかもしれない……なんだか今の私の話じゃないって分かってても照れてきたな。

：色気⁉
：気色悪さとかじゃなくて⁉
：酷すぎワロタ、反転しないであげて
：初期あわちゃんなら分からなくもないかも
：ライブオンらしいかはさておいて、清楚ってやっぱり女性らしい魅力ではあるよね

おぉ、少数派ではあるけど同意してるリスナーさんまでいる！　まじかまじか！

「あの頃の清楚でありながらなにかを隠しているような姿は、良《い》い意味で悩ましく見えるのだ。例えばだ、あの頃の淡雪先輩がなにか誤って性的なことを言ってしまったとする。そして顔を赤くしながら慌てる姿を想像してみるがいい。清楚であろうとしながらも完全に無知ではなく、そういうのにも興味があるんだなと察することができて、その様は非常に官能的であると思わないか？」

「匡ちゃん……いいこと言うじゃん、そうだよ！　あの頃の私には色気があったんだよ！」

「シュワッチ⁉」

「それに比べて今のシュワちゃん先輩はどうだ⁉　酒を飲み、自分からエグイ下ネタを連発して女に絡《から》んでいく姿はもはや下品であり、想像を働かせたくもない！」

「誰が下品な女だこのむっつり生徒会長！」

「シュワッチ？」

「あの頃の淡雪先輩はどこへ行ったのだ……？　確かに完全なる清楚とは違った人物だったかもしれない、だがそれがよかった！　宮内は言いたい！　あの頃の淡雪先輩は理性と欲望の間で揺れ動く、繊細であり美しい乙女の感情の具現化であったと！　一つのアートであったと！」

「そうだよ！　私は美しい乙女なんだよ！　ありがとう匡ちゃん、私を理解してくれて……私は救われたよ……」

「シュワッチー……」

「だが今のシュワちゃん先輩は……外見は良くても色気どころか女っ気すらない……まるでポプ〇ピのポ〇子である……」

「誰が七色の声を無駄にする二頭身だゴラ、若いからって調子乗ってんじゃねーぞ！」

「あっち行ったりこっち行ったり、シュワッチはメトロノームにでもなりたいの？」

とうとう晴《はれる》先輩にツッコまれてしまった。

いやだってね、いくら時が流れようが化けの皮を被《かぶ》ってようが当時の私も私なわけですよ。褒められたら嬉《うれ》しいわけですよ。なんなら当時の私が褒められる機会なんて滅多にないから、その新鮮さから絶妙な嬉しいくすぐったさもあってたまらんわけですよはい。
：あれ？　今4人いた？
：苦笑いになっていくハレルンがかわいかった
：メトロノームは草
：シュワちゃんで隠れちゃったけど匡ちゃんも相当変なこと言ってるぞ……
：ワイは理解できたで
：ええ……
：でもまぁ今のを聞いた上でアーカイブ見直したら、違うものが見えるかもしれんな
：なるほどなぁ
「ふっ、さてはシュワちゃん先輩が取られそうで焦《あせ》っているな～晴先輩？　これは勝機が出てきたみたいであるな！　はっはっは！」
「会長、メトロノームって規制しなくていいの？」
「ほぁ？　メトロノームを規制？　なんでだ？」
「だって一定のテンポで音が鳴るし、そのテンポをコントロールできるんだよ？」
「――はっ！　そういうことか⁉　つまり下になる側にメトロノームを持たせて、その速さをコントロールさせることで上になる側にピストン運動のテンポを伝えるわけである

な⁉　もっと激しくしてほしいけど恥ずかしくて声に出せない時に使うわけだ、なんて卑《ひ》猥《わい》な……完全なるアダルトグッズではないか！　規制だ規制！　はっ！　そうだ、学校からも撤去せねば！　今度音楽科の先生にメトロノームを使うのは夜の音楽会の時だけにしてくださいと言うべきか……？　ううぅ、なんて恥ずかしい……」

「適当にメトロノームを説明しただけでここまで想像できるのか……五期生はすごいなぁ……」

「なに意味不明なところで感心してるんですか一期生！　匡《ただす》ちゃんも本気にしないの！」

なんだよ夜の音楽会って……。

「うー！　なんだよシュワッチ、さっきから会長の味方してばっかじゃん！　私たちの絆《きずな》はどうしたー！」

「ふっ、私はただ先輩として、新人ちゃんには優しくしないとって思っただけですよ」

「本音は？」

「褒められて嬉しい」

「ちょろいな！　あと褒められているのは昔のあわっちであって、今のシュワッチは否定されてるからな！」

「昔の私という皆があまり注目していなかった点を褒めてくれるから嬉しいんでしょう

が！」

「こんな時にだけ女出すなよ……」

……お、仲間割れか？

……ワンチャンあるぞミヤウチィ！

……今日もシュワシュワしてんなぁ
……シュワちゃん！　俺はどんな時も君のビジュアルが好きだ！

……ここぞってタイミングで最悪な告白すんな
「シュワちゃん先輩……宮内の考え、分かってくれたか！」

「分かったとは言わないけど、優しい先輩として否定はしないよ！」

「嬉しいのである……それじゃあシュワちゃん先輩！」

「うん！」

「今日からスト○○禁止ってことで、よろしく頼むのである！」

「そうかそうか、よし匡ちゃん、生きて帰れると思うなよ」

「ヒョエエエェェェェ!?!?」

「優しい先輩どうした」

てめーは私を怒らせた！

：大草原
：かつて見たことないくらいの激怒で草
：知性を感じないタイプの怒りじゃん
：デビューしたばかりの新人に殺意を出した先輩がいるってマジ？
：なっさけない声の匡ちゃんすき
：そりゃ体液全部抜けって言われたらキレますわ（笑）
：実質今日から呼吸禁止とかこの娘鬼畜すぎるだろ……
「こ、怖いのである……なんでそんな怒るのであるか……」
「私とスト○○は一心同体。言うなれば日本食に米、侍に刀、還《かえる》ちゃんにおしゃぶりみたいなものなんだよ」
「バブリエルのはむしろ同体だとだめじゃね？」
ああ、今も体内のスト○○が私に力をくれるのを感じる……愛だ、これは愛の力だ。
そうだ、やっぱりスト○○は私のメインヒロインなんだよ。スト○○ちゃんちゅきちゅきちゅちゅちゅちゅちゅごくっごくっごくっ……。
「プハアアァァァァ‼　アルコールで全身が受精しちゃってるうううううぅぅぅ――‼‼」

「――――」

「おーおーこれは相当シュワシュワしてんね！　会長、大切なものを守るために本気モードとなったシュワッチと戦う準備はできたか？」

「ぁ……ぁの……態勢を立て直す時間を貰《もら》っても……」

「会長！　逃げるな！　これはお前が始めた物語だろ？　自分の名を忘れたか！」

「ッ‼　そうである！　私は宮内匡！　偉大なる宮内家として負けは許されん！　戦う、戦ってやるぞ‼」

「がんばっちくびー」

「さっきまで応援してくれてたのにいきなり投げやりである⁉　まぁいい、シュワちゃん先輩！　お酒なんか飲んでないで宮内を見ろ！」

お？　この小娘、まだ立ち上がるか。

いいだろう、私のスト〇〇真拳で再起不能にしてやる。

「シュワちゃん先輩！　お酒は美味《お》しい《い》のかもしれないが、リスクも沢山あるのである！」

「ほう、でもスト〇〇だ」

「え、ええ？　いや、負けるな宮内！　まず！　飲みすぎは体調の悪化を招く！」

「だがスト〇〇だ」
「……スト〇〇を飲んでいる限り清楚《せいそ》とは呼ばれない！」
「されどスト〇〇だ」
「そんな……貴様には……一体なにが見えているんだ……？」
「スト〇〇だと思うよ」
：これがライブオンだ
：語彙力とか関係なしにやばすぎるとしか形容できん
：ハレルンのツッコミがwww
：ミヤウチィ！　逃げていいぞ
：同志が撤退を許した!?
：バトルモノかギャグモノかはっきりしろ
：スト〇〇モノなんだよなぁ
：なんだそのジャンル……
「まぁマジな話すると、ぶっちゃけ飲酒量に関しては多くないよ。休肝日も設けてるしそこはだいじょぶ！」
「そうなのか？　宮内《みやうち》はまだお酒飲めないからそこらは分からないのでな……晴先輩から

見ても問題ないか？」

「配信外でも飲んでるんだったら問題ありだけど、そうじゃないなら全然大丈夫な範囲じゃないかな。シュワッチ自分では弱いって言ってるけど割とお酒強い方だしね」

「そうそう！　なんたって飲みすぎるとましろんからお怒りが来るからね！　ましろんに飲酒管理されているわけだ」

「飲酒管理……き、きせ」

「規制しなくていいからね」

「先を読まれたのである⁉　シュワちゃん先輩はエスパーなのか⁉」

「段々と君の思考が分かってきただけだよ」

もう本当にこの子は……その想像力の使い方次第では天才的な発明もできるんじゃないか？

「えっと、次は清楚と呼ばれないことだけど……」

「そうである。さっきも宮内に当時を褒められて嬉しそうにしていたではないか！　清楚だけではない、女性なら誰しもかわいいやキレイと言われたいであろう。自らを否定しろと言っているのではない、内に秘めることで得られるものもまたあるということだ」

「なるほどねぇ……褒められたいのは正直ある。ちやほやされたい、私は私が好きな人が無条件に好きだ」

「ありっち」

「一部例外あり」

「それならば！」

「でもね、私はスト〇〇を愛しているんだよ。それ以外に理由はいるかい？」

「え？」

「心音淡雪《こころねあわゆき》はスト〇〇ゼロを愛しています」

「いや、突然のタ〇チは意味が分からな」

「それでは歌います、聴いてください。しーんぱーいないからねー♪」

「FOOOOOOO‼　シュワッチかっこいいいいいいぃ――‼」

「――――――――」

この世に愛に勝るものなし。

「き、危険だ……この人は危険だ……今の宮内ではあまりに準備不足……せ、戦略的撤退だ‼」

：これは逃げても仕方ない
：あたおか

：スト〇〇が懸かっているシュワちゃんはハレルンでも苦戦するぞ
：wwwwww
：今まで培《つちか》ってきたルールが通用しないタイプの裏ボスじゃん
ふっ、やはりスト〇〇真拳は最強、完全勝利であったな。
「さてと、シュワッチの次は私と討論だよね会長！　もう待ちくたびれちゃったよ！」
「え？　ア……そっか……あの……晴《はれる》先輩は〜その〜……ら、ライブオンについてどうお考えでしょうか？」
「めっちゃくちゃ弱気になってる⁉　さっきまでの強気の姿勢はどうした⁉」
「ワカラセはいいものだな」
「シュワッチがやったのはワカラセじゃなくてワカランクサセだからな！」
：敬語www
：地獄の二連戦の始まりや
：これが鬼畜と名高いマレ〇ア戦ですか
：ライブオンは朱《あか》い腐敗に蝕《むしば》まれていた⁉
「こ、コホン！　そうだ、宮内がなにも戦果を挙げずに敗走するなどあってはならない！　気を取り直して、せめて晴先輩は説得してみせるのである！」

「おお！　それでこそ会長だ！」

「ワイトもそう思います」

「ラドンもそうだそうだと言っています」

「あーもう！　また余計なこと言いだす！　宮内にもうその手は通用しないからな！」

怒られちゃった……しょぼん……。

「よし！　それでは晴先輩！　まず、原点なる存在として、今のライブオンをどう思っているのか宮内は聞きたいのである」

「どう思っているかかぁ……ライブオンはライバーの採用基準に輝ける人って項目があるんだよね。世の中に埋もれない、自分だけの輝きを持っている人の集まりを目指しているわけだ。これは輝ける才能を持っている人がいても、私がそうだったように社会がその在り方を否定してくることが往々にしてある世の中だから、それを認めてあげられる場所でもあるってこと。人は社会に属する生き物ではあるけど、でもせっかくの才能が潰れてしまうのも勿体《もったい》ないよね。だから私はライブオンを特別な才能を持った人達が満開の花のように輝ける場所として、この世にあってもいいものだと思っているかな」

「…………ら、らしいぞシュワちゃん先輩！」

「え!?　私!?　なんで立場的に観客だった私にバトン渡した!?」

「す、すまない。シュワちゃん先輩と違って晴先輩は真面目に答えてくれたから逆に困惑してしまった……」

「私が真面目に答えていなかったみたいに言うのやめてくれるかな？」

「真面目以前に会話にすらなっていなかったのである」

「スト〇〇飲んでない時点で同じ土俵にすら立てていないってことなのだよ」

「宮内はまだ飲んだらだめなのである」

「そっか、匡《ただす》ちゃんはそうだったね………ぅぅぅ、可哀《かわい》そうに……ぐすっ、可哀そうに……」

「泣く程⁉」

：めっちゃそれらしい答えだ

：考えがハレルンらしいなぁ

：創立者、ライバー、自分の経験、色んな視点が混じってるんだな

：それに比べてこのシュワシュワは……

：シュワちゃんも今日キレたり受精したり歌ったり泣いたり大忙しだぞ

：体内で天変地異起こってんじゃん

「私はこんなところ、会長は今のに対してどう感じた？」

「あ、えっと、そうであるな……分からない話ではないが……それでも、なんでもやっていいのは違うと思うのだ」

「なんでもではないかな、ライブオンは悪いことはやってないよ」

「そうではあるが……やはり人である以上ある程度は型にハマって生きるべきだと思うのだ」

「うーん……そもそも会長の思う程型にハマっている人間ってそんなにいるのかな？」

「え？」

「人間ってさ、欲望で満ちた内臓を理性という皮膚で包んだ生き物だよ。強い欲求が無い人間なんていない。でもそれを表に出すと気持ち悪がられたりするから、社会ではなんとか皮膚から溢《あふ》れないようにしてる。でも結局その欲求自体は本物で、証拠としてネットだとかSNSだとか、社会から離れて行けば行くほどその欲求を爆発させて発散してる。これって本質自体は大して私たちと変わらなくない？」

「だがライブオンは一切欲求を隠していない！　隠すという行為に意味があるのだ！」

「それはなぜ？」

「皆が皆好き勝手やっていたら、社会そのものが成り立たなくなるのである！」

「……会長ってさ、隠されているものからなにかを妄想するのが好きなんだよね？　その成り立たなくなるって考えは、私にはこの欲求から発生した正当化に見えるんだ」

「そ、そんなことは！」

「そりゃあ皆が犯罪好き勝手にやりまくりとかだったら社会は崩壊するけど、そこは法律がラインを引いてくれているわけで、いくらアンチでも今のライブオンを野放しにしたら社会が崩壊するなんて言い出す人いないでしょ、ほぼありえない話だし」

「それは……」

「きっとね、私たちのすべき討論の的はそこじゃないんだよ。もっともっと俗なこと。それは——倫理と欲求について」

「倫理と欲求？」

「現代ってね、これまたネットとかSNSの発達の影響で、すっごくこの辺が曖昧になっちゃってる状態なの。難しい話なんだけどね」

「その話、少し詳しく聞きたいのである」

「お、興味を持ってくれて嬉《うれ》しいよ！　これね、なにが難しいって、倫理は欲求から発生することがある点なの。例えば、世の中には性を嫌っている人たちがいるでしょ？　でも性欲は本能であって否定するのは人間という生き物としてなんか違う、でも完全に野放しにしたら性欲からの犯罪とかが出てきちゃうから倫理的にそれもなんか違う。矛盾しちゃうけどじゃあどれが正解なんだろうって。多様性が広がって発言も容易にできるようになった現代は、いわばその正解を探している途中なわけだ。ネットは便利でもう手放せないものだけど、便利すぎて一気に世界が広がりすぎちゃった部分もあるんだよ」

「なんとなく分かってきたのである」

「ほんと？　いいねいいね！　そんで、今正解を探しているって言ったけど、より正確に言うと今は規制期みたいなもので、倫理が優先される傾向があるんだよ。私たちのいる配信界隈《かいわい》もそうだし、創作界隈とかもすごいよ？　十年前できたことが全然できなくなってる。その中にはそりゃあダメだよねって思うのも多いけど、それを規制とか嘘《うそ》でしょって思うものも実際ある。だけどこの流れがずっと続くとなにもできなくなって界隈が死んでしまうから、どこかで限界が来て流れが変わる時がくるとも思う。アメリカの禁酒法みたいにね。そしてこの流れを繰り返して、人類はこの問題に正解を見つけていくんじゃないかなーって」

「……また分からなくなってきたのである……」

「あはは！　分からなくて当然だよ！　だって天才である私ですらこの問題の先にどんな正解があるのかなんて、さっぱり分かってないんだから。私こういう問題解くの正直苦手だし。もしかすると今した話だって未来は全く違う展開になっているかもしれない。でもそれはあくまで未来の話だから、今の私たちはお互いに倫理という盾を持って欲求という武器を振るい、少なくとも現状のライブオンの中で決着をつける必要がある。その準備として、正解は分からなくても、今言った問題があるってことを知っておく必要があると思うんだよ」

「…………」

「なーんて言っても、突然こんなこと言われても、じゃあどうしようってなるよね。だから、自分はなぜ行動を起こしているのか、それを客観的に見て、自分なりの答えが出せたらまたおいでよ。あっ、急に行動を変えようとすると逆に自分を見失うから、そこは答えが出るまで今のままでいいかも」

「……分かった。なんだか考えさせられる話だったのである」

「ははっ、分かんないよ？　わざと考えさせて討論をうやむやにしただけかもしれない。私天才だから、相手の思考を指定することもできちゃうかもよ？　でもまぁたとえそうだったとしても……きっと自分で答えを考えた先に、会長が本当に思っていることが見つかるよ」

「承知した。情けなくはあるが、今日のところは出直してくるのである」

「おけおけ、よーし！　それじゃあ今日のところはここでお開きにしますかー！　ねーシユワッチ！　……シュワッチ？」
「ぐー……すぴー……」
「「寝てる!?!?」」
：すっごいまともなこと言ってる、激レアシーンだ
：ハレルンが慕われる理由が分かった気がする
：いい先輩や
：シュワちゃんはオチを付けられてえらい
：今日は怒りもあって相当本気モードだったからなぁ笑
：夢の中でも酒飲んでそう
ぐぅ……ぐぅ……えへへ……スト○○ちゃん……ふへへへ……ふにゃあへへへへ……。

閑話　宮内匡の華麗なるクソザコ

宮内匡。ライブオン五期生の尖兵《せんぺい》としてデビューし、その存在は新たなる時代の開幕を予感させた。

これはそんな彼女の華麗なる配信の日々の切り抜きである。

「次に打ち倒す目標は二期生の宇月聖《うつきせい》様で行こうと思うのである」

：は？

：身の程をわきまえろ

：ライブオンお天気組にボコられたの忘れちゃったのかな？

：聖様確かに押しに弱いところあるけど君じゃ流石《さすが》に……

：ミヤウチィ！（困惑）

そして宇月聖とのコラボ当日——

「なんでユニセックスはよくてセックスはだめなんだ！　こんなのセックス差別だ！　この聖様は断固として反対するぞ！　言論の自由を守れ！　セックス！　ユニセックス！　レズビアンセックス！　サセックス！　オーラルセックス！　宇月聖と宮内匡のセックス！」

「ぎゃあああああああぁぁぁぁ――!?!?　こっち来るな化け物おおおおぉぉぉぉ――‼‼」

完敗であった。

翌日、反省配信を開いた匡の姿は憔悴《しょうすい》しきっていた。

「ぐすんっ。あんな化け物に対抗できる術《すべ》なんて宮内は持っていないのである。宮内は弱い、宮内はダメな子なのである……」

：いやあの、知ってたというか……

：これは仕方ない、相手が悪すぎただけ

：化け物呼ばわりは草生えた

：最後のセックスだけはいかなる自由主義の下でも許してはいけない

：負けはした、だがそのチャレンジ精神は見事なり

：立ち上がれ！　何度負けても生還する限り勝ちは消えない！

：ミヤウチィ！（応援）

更に翌日、昨日のあまりの落ち込みぶりを心配したリスナーさんから、多数の応援の声をもらった匡《ただす》がどうなったかというと——

「宮内は偉大なる宮内家の一員として、聖様との戦いを経て成長を遂げたのである。最早《もはや》誰にも負ける気がしないのである」

十全十美《じゅうぜんじゅうび》、完全復活を遂げていた。

：ええぇ……

：昨日の落ち込みぶりは何だったんだ……

：切り替えの早さが鶏レベル

：笑ったけど前を向く姿勢には見習いたいものがあった

：ロ〇キーのBGM流す？

：ミヤウチィィィィ！（歓喜）

「ふっふっふっ、さて、それでは次の目標だが——」

そしてここからいざ再びライブオンの誰かに挑んでは完敗、そしてリスナーに励まされては完全復活、完敗、完全復活……このルーティーンをひたすらに繰り返す匡の配信スタイルは、後に『クソザコスパイラル』と呼ばれ彼女の代名詞になっていった。

当然クソザコの単語を含んだこの名に匡は遺憾の意を示しているが、その名が訂正される時は果たして来るのか――宮内匡の戦いの日々は続いていく。

第二章

五期生2

宮内匡ちゃんのデビューから、早一ヵ月の時が流れた。

最初はアンチライブオンと自分から名乗るその姿から活動内容を不安視されていた部分もあったが、なんだかんだうまくやっているようだ。

相変わらずアンチライブオンとしてライバーの説得に挑んでは負ける。そしてソロ配信でファンであるリスナーさんに励まされて自信を回復してはまた説得に挑み負けるという、通称クソザコスパイラルが活動の軸だ。

ただ、彼女なりに色々と考えているところもあるようで、ライブオンを批判するのは相変わらずだが、その中で今一度自分を見つめ直している点も見受けられる。きっと晴先《はれる》輩との討論の影響だろう（私は酔って寝てたからアーカイブで確認した部分だけど……ごめんなさい、自分の枠じゃないから油断してました……)。

それにしても戦いの中で敗北を知りながらも成長していくって、あの子なんか主人公感出てない？　相手にする組織を間違えすぎな気はするけど……。

まぁそれはいいや。今日の本題は一ヵ月が経《た》ったこと！　五期生は一ヵ月おきにデビュ—だから、つまりは2人目の五期生のデビュー日がやってきたのだ！

「新ライバー、楽しみね。ネコマ先輩はどんなライバーが来るかの予想とかありますか？」

「ネコマは五期生の五期にちなんでゴキブリ系ライバーを予想しているぞ！」

「コメント欄で殺虫スプレーまかれてそうなライバーですね……」

「ゴクッゴクッぷはあああ！」

今日一緒に見学するのはちゃみちゃんとネコマ先輩、お悩み相談からの縁で少しずつ仲良くなっている2人ですな！

「それにしても……早速飲んでいるのね、シュワちゃん。いいの？　一応配信外よ？」

「今日は見学の為《ため》にシュワモードでの配信予定をお休みにしたから、これはい—の！　大体さぁ！　こんなの酔っ払ってないとやってらんないんだよぉ‼」

「ど、どうしたのシュワちゃん？　今日はやけに荒れているわね？」

ううぅ……だって！　だってぇ‼

「もう変な奴《やつ》くるって分かってんだもん！　これまでの経験上開幕からぶっ飛ばす人は論外として、それ以外も結局クレイジーよ！　ライブオンである以上純粋にかわいい後輩が来る望みなんてないんだから！　飲みながら見るくらいが丁度いいんだどー！」

「ネコマはもう一周回ってどこまでぶっ飛んでるやつが来るのか楽しみになってるぞ！　汚物シンパシーを感じてきたんだ！」

「この先輩たち、新人に失礼すぎるわ……」

どうせそのうち今から入るこの新人にもジャイアントスイングが如《ごと》く振り回されるんだから！　この流れももう何番煎じかすら分からないんだよ！

シラフだと動揺させられることが分かっているのなら、いっそのこと酔ってそれを笑って流す方が私も楽しいってもんよ！

五期生でワンチャン流れ変わるかなーとか思ってたけど、1人目が匡ちゃんの時点でもうダメ！　ライブオン！　ライブオン！　どうせどこまでもライブオン！　クレイジーにはクレイジーをもって対抗せねばならぬのだ！

「あっ！　画面変わった！　始まるわよ！」

「にゃにゃーん！　さてさて！　どんなヤベーやつが来るのか楽しみだぞ！」

「もう顔が股間に付いてるやつでもなんでも来いやオラアア――‼」

暗転した画面が、黒い霧がはけていくような演出と共に開ける。そこにいたのは――

……んん？

「え、この子……よね？」

「多分そうだと思う……ぞ？」

「でも顔が……」

いや、顔がって言ってもさっき言ったみたいに股間に付いているわけではないんだけど

――

ただ……見えないんよ、顔が。

どうやら体に大きな黒いマントのようなものを羽織っているみたいで、それは頭ごとスポッと覆い隠してしまっていた。顔面は流石にマントで覆われてはいなかったが、頭を覆ったマントから落ちる黒い影で結局隠れてしまっている。唯一見えるのは、不気味に光り、まるで今にもこちらに襲い掛かってきそうな眼光のみ。

：キタ……のか？

：??

：おー？

：嫌な予感しかしない
：それはいつものことだろ
かつてない風貌に私たち、そしてコメント欄がどう反応していいのか困惑していると、やがてその体が少し左右に揺れ、息を吸った音の後に可憐《かれん》な女の子の声が聞こえてきた。

『やぁリスナーさんとやら。自己紹介の一つでもできるといいんだが、生憎《あいにく》それができる程自分自身を知っているわけじゃないんだ。俺は記憶の旅人。過去から否定された者。自らが誰なのか知らず、誰も俺のことを知らない、世界の異端者。この星の忘れ物。強いて言うならきっとそれが俺だ』

「あら……なるほど、なんとなくだけどどういう子か察したわ」

「ああああぁぁ‼　古傷、古傷があぁぁぁあぁぁ――⁉⁉」

「ど、どうしたのシュワちゃん⁉」

「気にしてやんなちゃみちゃん。特定の過去を持つ者にはこの黒装束娘の言動は強烈な精神攻撃になるんだ」

「⁇」

：おぉ、痛い痛い……

：俺っ娘だ！　声もかわいい！

：あ、もしもし葬儀屋さんですか？　僕の過去を埋葬してもらうことってできます？
：小さな声のはずなのに信じられないほど耳が痛い、いや心が痛い
：一部のリスナーが大ダメージを負ってて草

はぁ……はぁ……不意打ちを受けて開きかけた古傷がやっと治まってきた。落ち着いてきたぞ……。

まさかスト○○バリアを貫通されるとは……。危険だ、この子は色んな意味で危険だ……。

なんかこの子さっき過去から否定された者とか言ってたけどそれは違う、この子は未来の自分から否定される者が正しい。

このかっこいいが行きすぎて一周回っており、おしゃれと言うよりオサレな言葉選び――

それも光《ひかり》ちゃんみたいに微笑《ほほえ》ましいものではなく、ガチで痛いタイプのやつ――

要はきっとこの子は――勘違いを極めたタイプの厨二《ちゅうに》病だ――

「「「お？」」」

私たちが思い思いの反応を見せていると、突然画面にテロップが表示された。

【その子は記憶喪失みたいです。自分が誰なのかも分からずあてもなく東京を彷徨《さまよ》ってい

る内に偶然ライブオンの事務所に迷い込んだようで、身寄りもないみたいなので一旦保護しました。

その後、いきなり本人の口から五期生の書類選考を受けたいと言い出し、書類の名前欄に『ダガー』とだけ書きそれ以外は白紙で提出するというその圧倒的才能に即面接を敢行、結果は今の通りです。

記憶喪失らしいので謎が多いですが多分いい子です。かわいがってあげてください。ライブオン運営より】

：草草の草
：少しでもミスったら警察沙汰になりそうなことしてんなこいつ
：あかんもう強い
：私ライブオン入れるかもとか思ってたけどやっぱ無理、本物は格が違った
：もう運営の運営が必要だろこれ

「全てがおかしいわね」

「ボ〇ボボの前回のあらすじみたいになっちゃってんじゃん」

「きたきたきたきた！　ネコマが望んでる感じが来てるぞ！」

不穏な姿に痛い言動、更には驚愕《きょうがく》の経緯……画面からのあまりの情報量に遠い目にな

ってしまう私。だが、そんな私を現実に連れ戻したのも、画面から聞こえてきた気の抜けた声だった。

『んん？　ちょ、なにこれ⁉　変なの出てる⁉　え、どうしよ、うっ、運営さーん！　なんか画面に予定にないの出ちゃってるけどこれどうしよー⁉　あっ、ミスって出しちゃったの？　今消す？　あ、消えた消えた！　ありがとー！　よかったぁ』

「え？　今喋《しゃべ》ったのこの子ですか？」

「そう……だと思うわ、運営さんとか言ってたし……体も大きく横に傾いていたから、多分確認をとるために後ろを振り返ったんじゃないかしら」

「でも今の大丈夫なのか？　キャラ的に軽く放送事故だと思うんだけど……」

『俺は俺のことを知りたい。だが俺自身がそれを止めるんだ』

「「⁉」」

何事もなかったかのように戻った⁉

『過去のことを思い出そうとすると、まず思い浮かぶのは黒く焼けた肉塊、燃え上がる炎、粘着質の赤い液体、そして一振りのダガー……これ以上を思い出そうとすると頭に割れるような痛みが走る。でも、俺は自分が何者なのか知りたい。たとえその先になにが待っていようと……』

……だめだ、全然話が頭に入ってこない
……二重人格疑惑も出てきてんじゃん
二重人格はもう三期生にいるんだよなぁ
そんなやついないぞ
……いるぞ
……いないぞ
……いる
……いない
『だから俺はライブオンでの活動を通じて、自分探しをしようと思う。右も左も分からない俺はもう普通には生きていけない。そんな俺がライブオンに迷い込んだのは、きっとディスティニーだったんだ。ここで俺はこの旅の終着点を探そうと思う、皆も協力してくれ』
「な、なんなんだこの子は？　分からない……最初は激痛系厨二キャラかと思ったけど、見れば見る程どういうキャラなのか分からなくなってきた……」
「情報量が多すぎるわね……」
「とりあえず運命をディスティニーって言ったことはネコマの中ではポイント高いぞ、クッソダセェ！」

　これは無理やり言語化するならあれだ、今までライブオンで培《つちか》ってきた、こいつはこうくればこう動くなみたいな予想を、この子はことごとく外してくる感じ。

　一体どういうキャラなんだ……？

『――みたいな感じ！　自己紹介読み終わった！　えっと、次はなんだっけな？　あっ質問タイムだ！　俺に聞きたいことあったらなんでも聞いてな！』

「「「⁉」」」

　え、なに⁉　急に口調がさっきの運営さんに確認とってた時みたいになったよ⁉　もうほんとどういうこと⁉

：え、ええ？

：今読み終わったって言わなかった……？

：そんな堂々と台本宣言するな‼

：もうわけわからん

：俺達はどうすればいいんだ……？

『質問！　しーろ！』

　膝を両手で叩《たた》いているのだろうか、ペチペチと音を鳴らしながらリスナーに質問の催促を始めた、記憶どころか全てが謎の少女。

もう……わけがわからないよ。

：と言われましても……

：なにを質問すればいいんだよ……

：質問したいことが多すぎて逆になに聞くべきなのか分からん
：ライバーが質問しろと言ったからにはするんだよ‼

：あ、あの、お名前はなんと呼べばいいでしょうか？

お、良《い》い質問だ！　それは私も気になってた！

『名前は忘却の彼方《かなた》に封印されている』

あ――――もう‼　も――――うううううう‼　うぎゃああああああああ‼

：ズコー！

：ようやく会話が成立するかと思ったのに……

：なるほど、忘却の彼方に封印されているちゃんですね、ありがとうございます
：草
：DQNネームオリンピック金メダル候補じゃん
『ちっが――――う‼　話聞いてなかったの？　俺記憶喪失なの！　自分の名前分かんない

の！』

今度はツッコミを入れてきた⁉

：怒った……

：キャラブレッブレやん

：その外見で駄々こねられると困惑するんだわ

：でも会話が通じたぞ！

：さっきのテロップで名前欄にダガーと書いたってあった気がする

『そう！　俺は記憶がないから名前を聞かれて困ってしまった。なんとか記憶を探ろうとした時、脳裏に浮かぶのはさっきも言った凄惨な光景だけ。だがその地獄の中で、一振りのダガーだけは不思議と希望で輝いているように見えた。だから俺は自らをダガーと名乗ることにしたんだ。ふふん！』

：某お姫様みたいですね……

：記憶喪失ならライブオンじゃなくてさっさと警察行け

：地獄から逃げてきてまた地獄に保護されてどうする

：ならダガーちゃんでいいのか

：もうかっこいいんかダサいんか分からん

『はぁ⁉　カッコイイに決まってるでしょ！　ダガーだよダガー？　これがダサい訳ないじゃん！　超クールじゃん！』

「ねぇシュワちゃん。この名前ってかっこいいの？　私の感性ではよく分からないわ」

「これはすっごくオサレだど」

「それどっちなの？」

「なんだかよく分からないけど、ネコマにはかわいく見えてきたぞ」

まだ謎ばかりだが、とりあえず名前は判明したようだ。

記念すべき2人目のライブオン五期生は――ダガーちゃん！

『これで一応今の質問には答えたけど、まだ全然時間あるな。他にも質問しーろ！』

：少し考えさせて……

：名前が分かってもまだ情報量少なすぎるんだよなぁ

：謎な子だ。今までのライブオンも謎だったけど、それらとは何かが違う

：内面が謎なら視覚から攻めるぞ！　フードの中身見たい！

：あ、俺もそれ気になる！　顔見せて！

「これはナイスリスナーだぞ！」

「そうですね」

「え？　どういうことかしら？」

「今まで顔を隠しながらも自らなにも言及しなかったということは、きっと誰かに触れてほしかった部分なんですよ」

「あーなるほど！　そういうことなのね！」

『ぇー……見せなきゃだめ？』

「「「（ズコー‼‼）」」」

：反応悪いってことはそこも違うんかい！

：ダガーちゃん、君は一体なんなんだ……？

：よ、よろしければ見せていただけると……

：リスナー側が段々弱気になってて草
：でも見たいのは本当！

：見せて！

：隠してあるものは見たいのが人間だろ！

『ぅ……分かったよぉ……んじゃ見せるな、笑ったりすんなよ！　よっと、はいフード取った、これでいい？』

「「「⁉⁉⁉」」」

な、なんだこれは⁉

渋々ながらも露《あら》わにしてくれたご尊顔。それを見て私たちは笑うどころか一瞬言葉を失った。

柔らかそうにぷくっと膨らんだ頰から尊き幼さを感じる輪郭、パッチリとした大きな目に吸い込まれそうなグレーの瞳、どこか微笑《ほほえ》ましく思える大きな口元。そしてそれらを包む暗めの紫色をしたツーサイドアップの髪。

かなり小さいと思われる身長も相まって、見ただけで抱きしめたくなる衝動に駆られる程のロリ美少女がそこにはいた。

おかしい……なんだこれは……かわいい、かわいすぎる⁉　ああ⁉　今のちょっと不機嫌そうな顔とかたまらん！　あぁ！　ああぁ！　あああああぁぁ‼

：やば！

：ロリ枠だったのか！

：かわいいいいいいいい‼‼‼

：失礼かもしれんけど予想より遥《はる》かにかわいいのが出てきて心臓止まるかと思った
：今までの言動からこのかわいさの権化《ごんげ》は想像できんて
：五期生になってビジュアル面により力入れてきたな

「は、鼻血が出るかと本気で思ったくらいかわいいわね……」

「な、なんだこれは？　想像と違うぞ！　ネコマはもっとどうしようもない感じだと思ってたんだ！　あざとい！　これはあざといぞダガーちゃん！」

「なに言ってるんですか、あざとくて大いに結構！　かわいいは世界を救うんですよ！　あぁぁほっぺぷにぷにしたいぃ……」

やはり顔がいいは正義なんよ。事実この見た目には困惑続きだったリスナーさん達も大喜び。

……だったのだが、コメント欄が盛り上がるにつれて、なぜかダガーちゃんはより不機嫌そうな様子になっていった。

『かわいいってゆーな！　もう！　だから運営さんにももっと包帯巻いたり眼帯着けたりとかしてかっこよくしようって言ったんだよ！　いいか、俺はかっこよくないとだめなの！　だからかわいいってゆーな！　かっこいいって言え！』

あらら、どうやらかわいい系は本人の目指している方向とは違ったようだ。だがこれは運営ナイスと言わざるを得ない。

ぁ……またフードで顔隠しちゃった。

：その顔でかっこいいは無理があるでしょ

：どれだけかっこつけても素材が悪すぎ（良すぎ？）る
：そうだねぇ、かっこいいねぇ（ほっこり）

：世界一かっこいい！　全てはライバーの仰《おお》せのままに！

：さっきからたまに信仰心高すぎリスナーいるな
：かっこいいよ！　だから顔見せて！

『ほんと？　かっこいい？　分かってんじゃん！　それならフード取ってやるかな、よいしょ！　フヘヘ（にぱー）』

「ああ！　笑ったらお口がパカッて！　口の中の八重歯がはっきり見えるくらい大きくパカッて！」

「そのまま口裂け女になるギミックとかねーかな」

「2人のテンションの変動が見事に反比例しているわね……」

『……隠して……ばぁ！　もっかい隠して……またばぁ！　えへへ、なんか面白い（にぱー）』

「Å―――――――‼‼」

「な、なに今の音⁉　ヤカンでも沸いたかしら⁉」

「シュワちゃんが限界化しただけだぞ」

：か、かわ、かわい、いやだめだ！　言ったらダメだ！
：笑顔が眩《まぶ》しすぎる
：守りたい、この笑顔
：笑顔全一
：ライブオンってこと一瞬忘れそうになったわ
：かっこわいい
：一気に流れ摑《つか》んだな
謎な子から謎なかわいい子になっただけでここまで皆の心が持っていかれるとは……かわいさとはなんとも魔性である……。
：最推しが決定しました。ありがとうございます。
：今なら厨二《ちゅうに》すら微笑ましく思える
：もうニッコニコや
『これでよし。あと一個くらいなら質問返す時間あるよ！　くーれ！』
：あと一個……悩むな
：まだ謎は尽きないからな、重要な場面だ
：俺に任せろ、全てを丸裸にしてやる

：お？　お手並み拝見といこうか
：やるんだな!?　今……！　ここで！
：ああ!!　勝負は今!!　ここで決める!!　血液型はなに型ですか？
：その手引っ込めろ
：誰でも思いつく質問で草
：ほら、でっけぇ銃持ってきたぞ、咥《くわ》えろよ
：世界一ドキドキするはい、あーん誕生の瞬間である
：これは半端《はんぱ》なクソ野郎ですわ
：メンタルが鎧《よろい》の巨人
　コメ欄にリスナーじゃなくラ〇ナーがいるんだけど……。
『血液型？　むふー！　なに型だと思うー？　当ててみ当ててみ？』
：ダガーちゃんが楽しそうだから許した
：B型っぽい気がするけど、なぜか定着してるあの性格診断マジで当てにならんからな
：……
：還《かえる》ちゃんとかならBBA型って分かるんだけどな
：おーおーキレる声が聞こえてくる

……あれ？　記憶喪失なのに自分の血液型分かるの？

――その鋭いコメントの指摘を見たとき、私たちは揃《そろ》って「「「あ」」」と声を漏らしてしまった。

「た、確かに……知ってたらおかしい……これまずいんじゃ……？」

「いやいや、流石《さすが》に初配信からそんなミスはしないだろ、ちゃみちゃんじゃあるまいし」

「言い返したいけど言い返せないわ……」

「そうですよね、大丈夫ですよね！　……あれ？　でもゆうてさっきからキャラがブレッブレだったような？」

私がそう言った後、改めてダガーちゃんを見てみると――

『お、え、ああ⁉　あ、ちがっ、やば、あっ』

いかにも分かりやすい反応を見せていたのだった。

うそでしょ……。

いやいや、先輩がそんな態度でどうする！　ちゃんと応援してあげなければ！　頑張って！　まだ立て直せるよ！

『……どうしよ』

小声でどうしよはもう投了なんよ……。

：草
：まさかダガーちゃん、記憶が!?
：記憶喪失キャラが初登場からすぐ記憶取り戻すとか斬新すぎるだろ
：ガバが過ぎる
：どうすんのこれ……？　とりあえずおめでとうって言えばいいのか？
『い、いや！　戻ってねーし！　今のは普通なら分かることだから流れで言っちゃっただけで、ぜんっぜん記憶戻ってねーから！　あー！　よく考えたら全く思い出せないわ！ほんと俺って誰なんだろ！　くっ、思い出そうとすると頭が！　血液型ってなんなんだ……』
：お、おう……
：冷や汗だらっだらなのが声から伝わるの草
：さっき記憶の旅人とか言ってたのにここで否定しちゃだめなんよ
：厨二病キャラだったたってこともう忘れそう
：O型以前に血液型の意味から忘れてるのか……
：記憶喪失じゃないという記憶を喪失しているだけだから問題なし
：天才現る

『今のは忘れろ！　いーな！　忘れたって言え！』
：俺たちを記憶喪失にしていくのか……
：wwwwww
：忘れた！　ほら皆も！
：きれいさっぱり忘れました！
：ここはどこ？　私はセフ○ロス？
：鏡見てこい
：0%　0%　0%　こんな時の為《ため》にスーパーデラックスになっておいてよかったわ
：貴方《あなた》は忘れられたかもしれませんが僕はそれでトラウマを思い出しました
：ダガーちゃんがやっとどんな子なのか理解できた気がする
：ラ○ナーニキが奇《く》しくも有言実行で謎を解き明かしてて草
：俺にはもうなにが正しいことなのか分からん
「これもうどうすんの？　ネコマ的には好みの展開だったけど……」
「どうするもこうするも、言い分的に記憶喪失で続けるんでしょうね……キャラ的に
……」
「まぁまぁ、新人さんなんだから優しく見守ってあげましょう。完璧じゃないからこそ生

まれるかわいさだってあるわ。……自分を棚に上げたわけじゃないわよ？」

「今回はなにも言ってないど」

でも確かにそうだな、ちゃみちゃんの言う通りだ。今でこそリラックスして配信している私たちだが、それは積み上げてきた経験の賜物《たまもの》であり、最初からできる方がおかしいのである。

……だけど、私がキャラ的にって言ったのはそれだけが理由じゃないんだよな。

なぜだろうか、このダガーちゃんは今のミスも含めて、一見言動がバラバラだったように見えるが、同時にそこになにか不思議な一貫性のようなものをここにきて私は感じ取っていた。

バラバラと一貫で矛盾しているのは自分でも分かっているんだけど……んー？　やっぱりバラバラであって完全にバラバラではない、バラけたパーツを繋《つな》いでいる要素がある気がする。

――はっ！

「そうか……そういうことなのかライブオン！」

「しゅ、シュワちゃん？」

「いきなりどうした？　なにかに気が付いたのか？」

「ええ、さっきから常に感じていたこのダガーちゃんから発せられている謎、言い換えるなら違和感、それの正体に気が付いてしまいました」

「ほ、本当なの？」

「素晴らしいぞ！　確かに未《いま》だ一番の芯の部分が分かってないからな。匡《ただす》ちゃんはアンチライブオンが芯にあるって一発で分かったから、それに比べるともやもやしてたんだ」

「いいですか？　よく聞いてください！」

やはり私の感覚は間違っていなかった！　このダガーちゃんにはある要素が一貫しているのだ！

私は自信満々に2人にその要素を発表した。

「このダガーちゃんは――かわいいんです！」

「…………」

「あっ、あれ？」

なっ、なんで2人とも黙ってるの？

「シュワちゃん、とうとう人の感性を失いつつあるのね……」

「スト○○化がまさかそこまで進行しているとは……もっと早く気が付くべきだったぞ」

「ちょ、ちょっとなんですかその可哀《かわい》そうな子に対するような反応は⁉　これ私からしたら推理小説の犯人を答え合わせ前に見つけ出せた並みの快感があったんですけど⁉」

「シュワちゃんや、ダガーちゃんがかわいいなんて誰でも気が付くことだぞ。この顔でかわいくないと感じる方が変だろ」

「そもそも貴方、さっき自分でかわいいって言ってたじゃない」

「あっ、違う！　かわいいっていうのはそういう一面だけの話じゃなくて！」

「⁇」

謎を解き明かしたことでテンションが上がって説明が雑になってしまっていた。これでは伝わらなくても仕方がない。

改めまして……。

「このダガーちゃん、かわいいと思わせる属性がてんこ盛りになっているんですよ。外見は勿論《もちろん》そうですし、それと性格とのギャップ、更には天然さ、素直さ、さっきはＰＯＮなんかも。この子の芯にあり一貫しているもの、それはずばりかわいさ！」

「なるほど……言われてみればそうかもしれないわね……」

「……んん？　それは理解できるけど、じゃあなんでそれにネコマ達は違和感を覚えていたんだ？　かわいいなんて世の中に溢《あふ》れているぞ」

「ネコマ先輩、忘れていませんか？　私達は最初、『どうせライブオンだから変な属性を持った人しか入って来ないんだろうな』という固定観念を持ってこのデビュー配信を見始めたんです。そして恐らくリスナーさんたちも、そこから既にライブオンの罠《わな》だった」

「ま……まさか⁉」

「そう！　もはやかわいいという女性Vにとっての当たり前はライブオンに於《お》いて特別になっている！　そんなタイミングだからこそ！　ここでダガーちゃんという全てがかわいいキャラを用意することで裏をかいてきたんですよ！」

そしてマイナス？　の固定観念を持ってスタートしているからこそ、よりかわいさが引き立つ。ライブオンは今まで積み上げてきた企業イメージを新ライバーの魅力に利用してきたんだ！

「……でもさ、この子記憶喪失って自称してライブオン事務所に入り込み、面接受けたって言ってたぞ？　それって十分ヤベーやつじゃね？」

「いわばライブオンの秘密兵器！　変態の中でこそ輝くかわいさまでも箱に取り入れてくるとは！　ライブオン恐るべし！」

「いやだからな？　多分この子普通に頭ライブオンだと……」

「それでも！　守りたい理論があるんだ！」

「論破されても勢いでゴリ押そうとすんな！」

「相変わらずシュワちゃんはフリーダムねぇ……」

だって本当に自信あったんだもん、すげぇって反応を期待してたんだもん！　ぐすん……。

「まぁネコマもシュワちゃんの言ったことが完全に間違いではないと思うぞ。実際かわいいが芯にあるのはなるほどってなったしな」

「今までかわいいライバーはいても、それはメインの要素ではなかった部分がライブオンにはあったものね。変態性が勝るというか……」

「なんだ2人共よく分かってんじゃん！　そんな2人には私と一緒に聖酒巡礼に行く権利を贈呈しよう！」

「その聖酒って絶対スト○○のことだろ」

「工場見学かしら？」

『……ちゃんと皆忘れた？　むふー！　やるじゃん！　流石はライブオンのリスナーさん達だな！』

そんなことを話している内に、混乱していたダガーちゃんも段々と落ち着いてきたようだ。元のテンションを取り戻している。初見ライバーのはずなのに訓練されたコメント欄、本当にリスナーさん達は見事なものだ。いつもお世話になっております！

……ちなみに今だから言えるけど不安そうな表情もかわいかった。困り眉になっちゃうところとかたまらんよね。

：むふー！（かわいい）

：クソガキとはまた違う憎めないガキっぽさがなんともいい

：推さなきゃ

『んーっと、これで配信予定終わり！　こほん、孤独な旅人はライブオンに導かれ、多くの仲間達と出会った。嫌われた過去にばかり囚《とら》われていたが、今はこの温かな仲間たちと同じ時の流れに身をゆだねるのも悪くない、そう思うよ。過去から摑《つか》む未来もあれば、未来から摑める過去もまたあろう。心が繫がる時、また会おう！』

最後に始めの挨拶と同じく明らかに台本が用意されていたと思われるいってぇセリフを読み終え、ダガーちゃんのデビュー配信は終了となった。

：もう全てが笑えてきた

：なんだったんだこの子……

：寝て起きたら記憶取り戻してそう

：最後のやつ本人が言ってる意味理解してなそう

：かわいかったから全てよし

「期待の新人が入ってきたどー！　やったぜ！　かんぱーい！」

「ど、どうしたのシュワちゃん？　やけに嬉《うれ》しそうね？」

「そりゃそうよ！　だって絶対変態が来ると思っていたところにまさかの僥倖《ぎょうこう》、かわいい枠が入ってきてくれたんだから！　コラボが楽しみ！」

「どちゃシコすんのか？」

「なに言ってんすかネコマ先輩、ドン引きです。そういうのは表でやるもんじゃないんですよ」

「裏ではやる宣言してることにネコマもドン引きしてるぞ」

「あーもう本当にかわいかった！　ちゃみちゃんよりかわいい！」

「え……」

最近某園長のせいでちゃみちゃんの変態属性が加速していたからな、新たなオアシスの誕生だ！

「しゅ、シュワちゃん！」

「ん？　どしたちゃみちゃん？」

「ん――――…………ばぁ！」

「あー……確かに天然もいいけど養殖も美味《おい》しいよね！」

「やった！　ネコマ先輩！　私褒められましたよ！」

「今ので喜ぶのか……養殖だけど天然……ああもう頭がこんがらがってきたぞ……」

これからが楽しみな子が入ってくれた！　今夜の酒はうまいぜ！

ひと狩り行こうぜ2

ダガーちゃんがデビューしてからある程度配信をこなし、同期の匡ちゃんとも何回かコラボをこなした頃。いよいよ先輩とのコラボを解禁すると本人から全体チャットで連絡があり、私は真っ先にお誘いをかけた。

デビュー配信の最後にも語ったように、私はこの子がライブオンの新たな良心となってくれるのではないかと大きな期待を寄せているのだ。ぜひ仲良くなっておきたい。

真っ先にコラボに誘ってくれたうえに配信を優しくリードしてくれる先輩に懐《なつ》かないなんてことはあり得ないって寸法よ！　ふへへ、ふへへへへへ‼

……あれ？　なんかこう言語化すると完全に邪《よこしま》なやつだな私……まぁ他の意味不明な連中に比べたら手厚くサポートする気があるだけましってことで……。

結果的にお誘いは『やったー！』の言葉と共に了承を貰《もら》えた。もうかわいい。

その後はチャットにて配信内容の相談となり――

〈心音淡雪《こころねあわゆき》〉：なにかやりたいことありますか？
〈ダガー〉：モン狩り！
〈心音淡雪〉：‼　モン狩り好き？
〈ダガー〉：好き！
〈心音淡雪〉：そっかそっか！　つい最近新作も出ていましたよね！　私もやろうか迷っていたんですよ！
〈ダガー〉：ぁ……俺もう少しだけ進めちゃった……
〈心音淡雪〉：どのくらいですか？
〈ダガー〉：M☆2の2つ目の緊急です……
〈心音淡雪〉：了解です。配信の日までに私もそこまで進めておくので大丈夫ですよ
〈ダガー〉：いいの？
〈心音淡雪〉：お安い御用です。むしろ久しぶりのモン狩りですごく楽しみですよ！　あっ、よかったらもう1人くらいライバー誘ってもいいですか？
〈ダガー〉：ありがとう！　どうぞ！

みたいな流れでモン狩りをやることに決まった。

以前は完全初心者だった私も、今では前作をクリア済みだ。ラスボスの見た目というか例の袋に終始噴き出しそうになりながらも討伐したことを今でも覚えている。

還《かえる》ちゃんを誘って配信でやったりもしながらサクサクッと進めまして――

「還ちゃん。後日開かれるダガーちゃんとのコラボ、参加してくれてありがとうございます」

「それは全然いいんですけど、ママはどうして還を誘ってくれたんですか？　とうとう我が子が恋しくなりましたか？」

「いや、新人ちゃんとなると先輩との初コラボってやっぱり緊張しちゃうと思うんですよ。そこで、あえて隣になにもかもがダメな先輩を用意したら肩の力が抜けるかと思いまして」

「酷《ひど》いですね。還にだっていいところありますよ」

「どこですか？」

「日々リスナーママを笑顔にしています。ドヤッ」

「笑いものにされてるだけですよ」

「ママも例外じゃないですよ」

そしてゲームも指定された地点まで進み終え、いざ迎えたコラボ当日。当然新人の前でシュワシュワになるなんてことは避けて、まずは挨拶だ。

「皆様こんばんは、今宵《こよい》もいい淡雪が降っていますね、ライブオン三期生の心音淡雪です。今日はモン狩りの新作が出たということで、プレイしていきたいと思います。前作から要素が追加された形なので正しく言うと拡張なのかもしれないですが、この配信では分かりやすく新作と呼称しますね。そして今回一緒に狩りに出かけるお仲間がこちら」

「うぃ、こんちくこんちくー。ライブオン四期生山谷《やまたに》還です。姫プよろ」

「失礼しました、今のはお仲間じゃなくてお荷物の紹介でしたね。今回のお仲間はこちら！」

さぁ、還ちゃんが期待以上のクソ挨拶を決めて場を整えてくれたところで、いよいよダガーちゃんの登場だ。

「ぁ……ライブオン五期生のダガーです……よろしくどうぞ……」

……え、終わり⁉　それ挨拶なの⁉　もっと記憶喪失とか厨二《ちゅうに》とかを絡《から》めた挨拶してなかったっけ⁉　てか敬語⁉

：え、だれ？

：仰々しいwww

：分からせるんなら配信内でやってくれや
：そりゃあ新人がいきなり有名配信者と交流しろって言われたらこうもなるよ
：悪名配信者の間違いなんだよなぁ
：緊張じゃなくて身の危険を感じている？

「ぁ、えっと、挨拶ありがとう！　というわけでね！　ライブオンに舞い降りた待望の新人、ダガーちゃんとのコラボ配信になります！　わー‼」

「どうしたんですかダガーちゃん？　元気ないですね？」

「いや、あ、そ、そんなことないですよ？」

「大丈夫？　ママのおっぱい吸う？」

「私の胸の使用権はいつお前に移ったんだよ」

いいぞ還ちゃん！　それこそ私が与えた使命！　もっと最低な発言をして『うわ、ライブオンってこの程度のところなんだ』と思わせてリラックスさせるんだ！

……え、よく考えると今の、新人にいきなり下ネタを吹っ掛けただけでは？　なにか根本的に間違ってない？　最低の職場って思われてないこれ？　私人選ミスった？

と、止めるか？

「ダガーちゃん。還は先輩にはなりますが、そんなの一切無視してため口でいいですからね」

「え？　いや、それは申し訳ないというかあの！」

「その代わり還は君のことをダガーママと呼びます。養ってください」

「おいそこの妖怪赤ちゃんＢＢＡ」

うん、こいつは今すぐ止めないとだめだ！

「どうしたんですかママ？　とても子に対するものとは思えない罵声が聞こえてきたんですが……」

「どうもこうもあるか！　いいですか、還ちゃんから見てもダガーちゃんは後輩なんですよ⁉　もう貴方《あなた》は立派な先輩なんです！　それなのになぜ今までと変わらずママにしようとしているんですか！」

「⁇　ママだって還より年下なのに最ママやってるじゃないですか？」

「それは勝手にそっちが呼んでるだけだし……」

「いいですかよく聞いてください、ママは多ければ多い方がいいんです」

「なんか怖いこと言うな！　問題はリードすべき先輩がなぜ後輩に甘えようとしているのかってことなんですよ！」

「ママは立場がママから離れれば離れる程ママとしての魅力が増すんですよ」

「え、なんて？」

「要約すると、還は赤ちゃんなので後輩をママにしても全く問題ないということです」

「おいリスナーさんどうすんだよ！　お前らが甘やかすせいで還ちゃん本格的に手遅れになっちゃってるぞ！」

：大草原
：還ちゃんはブレないなぁ
：赤ちゃんを甘やかしてなにが悪いんだよ‼
：還ちゃんガチママ勢が怒ってるぞ
：ガチママ勢なんてやつらがいるのか……
：ダガーちゃん（゜ロ゜）やぞ

そ、そうだダガーちゃん！　こんな漫才をいきなり見せられたらドン引きものだ。さっきから無言だし、なんとか取り返さねば！

……あれ？　なんだこの音？　水音のようなうめき声のような……え、嗚咽《おえつ》？

「ぐすっ……はぁう……ぐすんっ……ズビビ……ぐすん……」

「『――――――』」

やばい、かつてないほどやばい。

新人ちゃんを――泣かせてしまった――

「あっ、ちょっ⁉　ぇあ、ま、ママどうしましょう⁉　泣いちゃいましたよ⁉」

開き直りに定評がある還ちゃんが珍しいくらい動揺している。私は私で頭の中が真っ白だ。

そ、そうだ、こういう時こそ改めて状況を整理しよう。ええっとー……先輩2人でセクハラして新人ちゃんを泣かせたわけだな？

――炎上だ。

「炎上だ、間違いない、大炎上だ……」

「ママ⁉」

「きっとこの後すぐ『【悲報】有名VTuberさん、後輩を泣かせてしまうwww【ライブオン】』みたいなタイトルでまとめサイトに記事が載ってあることないこと書かれるんだ……アンチには『ライブオンですか？　いつか本格的にやらかすと思ってましたよwww』とか街角インタビュー風に言われてバカにされるんだ……」

「そ、そんな……⁉　還は事前にママから言われた、あえて最低なことを言えって命令を忠実に守っただけなのに⁉　そんなのあんまりです……そ、そうだ！　こんな時こそ責任能力のない赤ちゃんキャラの出番です！」

「は⁉　いやいやそれはおかしい！　混乱しすぎですって！」
「えぅー！　バブー！　バブバブー！」
「還ちゃん落ち着いて。こういう時はね、逃げようとすると逆に燃え広がるんです。罪を認め、誠心誠意謝ることが最良の手段なんですよ」
「山を越え、谷を越え、そしてやがて還《かえ》る場所、山谷還と申します。28歳の立派な大人です。この度は大変申し訳ございませんでした」
「その公式挨拶使ってるの初めて聞きましたよ。あとお前に恥の感情はないんか」
……もうだめだ、おしまいだ……
……このやり取りがもうアウトなんよ
……還ちゃんはこんな時くらいブレなさい
……え、マジでやばい感じ？
……こ、これあれだ、ワカラセってやつでしょ？
……イキる前のメスガキ泣かすのはもうワカラセじゃなくてただの事案なんよ（
……なぜダガーちゃんが泣いたのかによるでしょ、不測の事態があったのかもしれない
……ドン引きはありえても泣くほどのやり取りとは思えんかったけどなぁ……こっちが毒されすぎか？

あぁ、もうダメだ、あまりにも予想外すぎて泣かせた後の対応すら全部ダメだ、これからどうしよう……自分だけならまだしもライブオン全体に迷惑がかかっちゃうのが余りにも申し訳ない……。

そう思い、ほぼ涙目で天を見上げたその時だった――

「ずびぃ！　あぁぅぅぅ……生ぎでてよがっだぁぁ………」

ダガーちゃんから、私の想像の真逆の言葉が聞こえてきた。

へ？　今なんて？　濁音交じりだったからすごく聞き取り辛《づら》かったけど、生きててよかったって言わなかった？

「――ママ。今のは現実逃避したかったが故に聞こえてしまった還の幻聴ですか？」

「いや、私も多分同じことを聞きました」

「……還たちを燃やす為《ため》だけに生きてた説ありますか？」

「そんな辞書で『人生を棒に振る』を引いた時に、意味の例に書かれてそうなことする人間いないでしょ」

「うぐう！　わだじ、このライブオン感を間近で見だくて見だくて………ライブオンに入れてほんとよがっだ、頑張りが報われてよがっだあああぁぁ――‼」

ちょちょちょちょ⁉　もうすすり泣きどころか大号泣なんだけど⁉

「だ、ダガーちゃん？　とりあえず一回話した方が良さそうだから、泣《な》き止《や》んでくれるかな？」

「はいぃ…………うゔゔゔゔゔ――――‼」

「だめだ、むしろ感極まってる……そうだ還《かえる》ちゃん！」

「は、はい？　どうしましたか？」

「ガラガラです！　ガラガラ持ってるでしょ！　こんな時こそ出番ですよ！」

「‼　なるほど！　ほーらダガーママー？　ガラガラーガラガラー！　初めて本来の用途で使いました！」

「うわ、言われて一秒でガラガラ出せる女こわ。ママ呼びしてる相手にガラガラ鳴らしてるアラサー女こっわ」

「ママが言い出したことでしょ⁉」

「あああああぁぁぁおもじろいいいいぃぃぃ‼‼」

「泣きながら笑ってる⁉」

もうどうしたらいいのー‼‼

「あ、あのーダガーママ？　お願いだから落ち着いてくれませんか？　今コメント欄で還の株価が絶壁かってくらい大暴落しているんですよ。ママを残して逃げようとした赤ちゃんとして新たな火種になりそうなんですね。早くそっちの誤解を解かないと今後に響きそうでしてはい」

「それは誤解じゃないだろ」

「本当にすみませんでした……」

「はぁ、今回はその謝罪に免じて許してあげましょう。ダガーちゃんの緊張を解くために協力してくれていたのは本当ですし」

「なんたる慈悲……これが聖母ですか……」

「それに、あれじゃ還ちゃんは炎上しませんよ」

「え？　なんでですか？」

「最初から底辺だったものが下がっても、誰も大して気にしません」

「……………ガラガラガラガラ……」

未《いま》だ泣き止まないダガーちゃんにあたふたしてしまうが……これってもしかして危機は脱したのか？

今までダガーちゃんの言ったことから推測するに、ダガーちゃんはライブオンが好きで入ってきて、私たちのやり取りを間近で見られたことに感激して泣いた——そういうことなのでは？

：まさかの歓喜の涙なのかwww
：夢に見た世界が目の前に広がったんやろなぁ
：そういうことなの⁉

：これは読めなかった
：なにはともあれ燃えなそうでよかった……

うん、そんなわけないかなと悲しいことに自分で思っちゃったけど、コメント欄を見てもそう解釈している人が多い。

なんだ～もうほんと心臓に悪いよ――‼　安心して私の方が泣きそうだわ！

でもいつまでも新人ちゃんが泣いてるのは絵面がやばいか。なんとか泣き止んでくれないかな……。

：あれ？　記憶喪失なのに泣くほどライブオン好きなの？

「…………」

あっ、泣き止んだ。

「あれ？　急に泣き止みましたね」

「還のガラガラ振りのおかげだと断言します」

「な、泣いてなんかねーし！」

「「はい？」」

急に泣き止んだかと思ったら、今度は震え声で泣いたことを否定しだしたダガーちゃん。どゆこと??

「いやいや、大泣きだったじゃないですか」

「ガラガラを必死で振った還の労力を否定しないでください」

「泣いてなんかねーし！　今のはあれだし、目にゴミが入っただけだし！」

「それは流石《さすが》に無理ある……」

「まぁ待ってください還ちゃん。もしかしたら私たちの開幕のやり取りをゴミだと暗喩した可能性があります」

「ちょ⁉」

「そうですかダガーママ。よし、またガラガラ振ってあげますよ。永遠に寝かしつけてあげます」

「ちーがーう！　そんなこと思ってなーい！」

：相変わらずガラガラを凶器だと思ってるなこの赤ちゃん

：ダガーちゃんはキャラを守ろうと必死なんだと思われ

：さっき記憶喪失の矛盾を指摘したコメントがありまして

「んー？　あーなるほど。還ちゃん、コメ欄見て」

「コメ欄ですか？　……あー」

　私と還ちゃんがダガーちゃんを泣き止ませることに集中していた裏では、どうやらコメントにてダガーちゃんのキャラ設定に関する鋭い指摘があったようだ。

「ねぇダガーちゃん」

「な、なんだよ？」

　頑張ってキャラ戻そうとしてるのかわいい。でもさ……。

「どうして記憶喪失なんて設定付けちゃったんですか？　入った経緯との相性が悪いような……」

「せ、設定じゃねーし！　マジでなんも覚えてねーし！」

「……記憶喪失から目が覚めて初めて見たのがライブオンだったとかですか？」

「無理ありすぎでしょ、そんなの刷り込まれたら還なら精神崩壊してますよ」

「アラサー女が赤ちゃん自称する設定のほうが無理あるだろ‼」

「それな！」

「おいママ、なに同意してんですか」

「すみません、あまりに説得力ありすぎて流れで言ってしまいました……」

「全く、コメント欄のリスナーママ達も同意しない！　バブーバブー、応答せよ、こちら還、赤ちゃんだ、オーバー？」

：どんな状況からでも笑いに繋《つな》げるなwww

：やっぱり芸人なんやなって

：いやオーバー言われてもどう返せと……

：還ちゃんまだ精神維持してたんだ

：まぁまぁ、新人さんなんだし多めに見てあげて

……そうだね、コメ欄で言われている通り、先輩なんだしむしろここはフォローしてあげるべきだよね。

どんな理由かは分からないけど、なんたって当の本人が記憶喪失キャラを固く守りたいと思っていそうなわけだし。

でも結構なやらかしだったからな……というかデビュー配信から似たようなことやらかしてたしこの子……どうする？　どうすればこの流れを変えられる？

――あれ？　そういえばそのデビュー配信の時はどう切り抜けてたっけ？　――そうだ！

「ダガーちゃん！　記憶喪失だと証明したかったらフードを脱ぎなさい！」

「おぁ？　フード？　なんで？」

「私が貴方《あなた》を助けてあげます！」

「淡雪《あわゆき》先輩……やっぱり優しい！　これでいいの？」

「そう！　そして私が今チャットで送った必殺技をリスナーさんに叫ぶんです！」

「チャット！　分かった！　ええっと、わ、忘れろビ――――ムッ‼」

「あはぁあぁああ予想通りめちゃきゃわいい……」

「ママがキモイ」

「ちょ、ちょっと淡雪先輩！　コメント欄がかわいい一色になっちゃったんだけど⁉　あーもう！　かわいいって言うな！　忘れたって言え！」

：忘れました、なのでフードはそのままで
：ダガーちゃんは記憶喪失だ、誰がなんと言おうとダガーちゃんは記憶喪失なんだ
：そのロリ顔は卑怯《ひきょう》だろ……

：なにかあっても俺達が忘れ続ければいいわけだな！

「これで万事解決ですね！」

「おお！　本当に疑いの言葉が消えた！　淡雪先輩まじすげー！」

「なんすかこの出来レース」

かわいいの下に理論は屈する。

「あぁ……やっぱりこのかわいさはたまらん……」

「マーマー？　一応釘《くぎ》を刺しておきますが、今回はナイスプレイとはいえ、今後かわいさに惑わされて甘やかしてばかりだとダガーママがだめになりますよ」

「よくその口でそれを言えますね……」

「愛《め》でるのは還にしてください」

「全てがね……」

「酷すぎワロタ」

でも一理あるか。先輩として支えてあげることは大事だけど、いくらかわいいからって甘やかしすぎはよくないのかも。

うん！　これからはかわいさになんて負けないぞ！

ロリがなんだ！　なんなら睨《にら》みつけることだってできちゃうし！

「ジ――」

「ん―？」

「ジ――――――！」

「あ―？（にぱ―）」

をいがおぃsjがおぃうごぃじゃせおぃsふぉうおふぃうえうぃえ⁉⁉

「おおおお⁉　なに⁉」

「ど、どうしたんですかママ⁉　すごい音が聞こえましたけど⁉」

「し、失礼、椅子から落ちてしまいました」

「大丈夫ですか？」

「淡雪先輩、怪我《けが》無い？」

「ええ、体は大丈夫です。でも、大切なものを奪われてしまったかも知れませんね」

「あー？」

「きっとママのことですからスト〇〇のことですよ」

「ちげーよ心だよ。私の家からスト〇〇補充しようとすんな」

：ダガーちゃん、まだまだ謎は深い子だ……

：これもうなんの枠か分かんねぇな
：いつになったら狩りに行くんだこの人たち……

開幕の挨拶が予想外の展開を見せたことで、最早《もはや》なんの枠なのかすら分からなくなってしまいそうになったが、あくまで今回はモン狩りをやる為《ため》に集まったのだ。場の空気も落ち着いてきたので、気を取り直していよいよゲームを始めた。

ダガーちゃんのモン狩りの進み具合に合わせた結果、運よく次の討伐目標は新作から登場の新モンスターになっているようだ。新鮮さで配信映えもするし私たちも楽しめる、いいねいいね！

そしてクエストを受注し、いざ出発！　そして発見！　今回の討伐目標は——

「おぉ……めっちゃゴリゴリしたゴリラですね……」

「でも尻尾付いてますよ？」

「これな！　ゴリラじゃなくてフランケンシュタインの怪物がモデルらしい！」

「「ほぇ～」」

遠目のフォルムからゴリラかと思ったけど、確かに言われてみればそうも見えてくるな。図体《ずうたい》デカいけど顔からどこか穏やかさが感じられて意外とかわいい。

：モデルそうなんだ

：違うぞ、苑風《そのかぜ》エーライの怪物だぞ

：エーライ動物園の地下深くの研究所から脱走した、ゴリラとなにかのキメラって聞いた

：違うぞ、エーライ園長が個人的に飼育しているペットだぞ

：俺はエーライ園長激おこモードって聞いたぞ

：本人なのか……

まぁいっちょ戦ってみますか！　相変わらず私はランスをメインに使っているから、チクチクとめった刺しにしてやんよ！

「攻撃は結構大振りですから、今のところ見たままのものに対処すればなんとかなりそうですかねー」

「うぎゃー」

「って還《かえる》ちゃんなにいきなりボコボコにされてるんですか。弓だからガンナー（遠距離武器）でしょう？」

「あっぶね生き残った。全く、赤ちゃんに殴りかかるとか最低ですねこの怪物。ママも赤ちゃんには優しくしないとだめですよ、ちゃんと還の盾になってください。還は本来剝ぎ取り専門なんですから」

「そんな専門はこのゲームに存在しないんですよ。ちょ、また吹き飛ばされてる⁉　本当に大丈夫ですか⁉」

「俺が粉塵《ふんじん》で回復入れる！」

「あ、ありがとうございます……あ、ピヨッた（気絶した）⁉」

「お？　エーライちゃんにピヨッてるやついる？　いねぇよなぁ⁉」

「言いたかっただけ感……よし復帰。全く、赤ちゃんに回避を期待する方がバカなんですよーだ」

「まぁ反射神経が劣ってくる年齢ではありますよね……ごめんなさい……」

「ママも耳が遠くなってきているんじゃ？　……というか、後輩の前で仮にも先輩がこんな煽《あお》り合いしてていいんですか？」

「仮にもじゃなくてマジの先輩なんですよ」

まぁ仮にもの後の部分はその通りだな。こんな調子じゃダガーちゃんも呆《あき》れちゃうよ。

「(●＞∀＜●)キャッキャー！★彡(パチパチパチパチ！)」

めっちゃ大喜びしてる⁉

「……そういえばこの子もライブオンファンでしたね」

「ファンじゃねーし！　全然知らねーし！(キャッキャ！)」

：キャッキャキャッキャ！

：拍手してて草
：有素《ありす》ちゃんの淡雪崇拝とは違った純粋な喜びがいい
：それに慣れない先輩2人が振り回されてるのもいい

:今回はキャラを守りにいっててえらいぞ

って痛い⁉　びっくりして私まで攻撃くらってしまった！

落ち着いて回復してー。再びチクチクとー。

「やっぱランスはいいですねぇ。攻撃を受け止めて隙を突く。このシンプルな動作にどこか美しさすら感じます」

「でも全武器中使用率最下位らしいぜそれ！」

「ぇ……」

ダガーちゃんから信じられない情報が飛び出し、思わず絶句してしまった。

「ふっ、やーい不人気武器ー」

「う、うっさい！　ここぞとばかりに煽り返しやがってこのＢＢＡ！　でもそんなバカな……どうして皆ランスを使わないいんですか？　地味なのは否定しないけどこんなに使っていて楽しいのに……」

「ママが使ってるからじゃないですか？　ほら、昔全モンスターの処女を奪うって言ってたでしょ。私のランスは非処女を創るランスだーって」

「最後のは言ってないし！　前者も言ったのはシュワだから私じゃねーし！」

「死に設定乙」

「死に設定じゃねーし！」

「ダガーママみたいになってますよ」

「はぁ、はぁ、全く、ダガーちゃんの前で下ネタを言うんじゃありません！」

「それはごめんなさい」

「あー？　なんで俺の前だとだめなん？」

「え？　だってダガーちゃん下ネタとか苦手でしょ？」

「そんなことない」

「そうなんですか？」

「うん！　おち○ちん！」

「ああああああああぁぁぁ⁉⁉⁉⁉」

「うわびっくりした！」

な、なんてことを言ってんのこの子は⁉

「そんなこと軽々と口にしちゃいけません！」

「あー？　なぜ？」

「……待ってくださいママ。ライブオンのファンなら下ネタがいけるのはむしろ当然かもしれないです」

「……確かに」

「ファンじゃねーし！」

そうか、この子下ネタいけるのか……あらゆるかわいい要素のせいでカモフラージュされていたからマジで驚いた……。

：!?!?

：心臓止まるかと思った

：仰向けで見てたからスマホ落として鼻直撃よ

：背徳感とかより罪犯した気分になったわ

：淡雪《あわゆき》ちゃんが言っても笑えるだけなのにな

：清楚《せいそ》……

そろそろ狩りが始まって五分ほど経過した。

ある程度攻撃にも慣れてきたので、段々と狩り以外のことを気にすることができる余裕が出てきた。

そしてそれに応じて……私は時間が流れれば流れるほどとあることにツッコミを入れた

くて仕方がなくなってしまっていた。

……ああもう我慢できない！

「ダガーちゃん！」

「あー？」

「私貴方《あなた》に言いたいことがあるんです」

「ママ、多分全く同じことを還も言いたくて仕方ないです」

「ええ⁉ なに⁉ 俺なんか変なプレイしちゃった⁉」

いや、ゲーム自体は問題ないどころかこのメンバーの中で一番うまいだろう。

そこじゃなくて例の点だよ例の点！ 君は往々にしてブレている部分があるでしょダガーちゃん！

「ダガーちゃん──厨二病《ちゅうにびょう》キャラはどうしたんですか！」

「ほんとそれです」

「あー？ ……ああ⁉」

そう、未《いま》だに配信が始まってからこの子が所謂《いわゆる》厨二っぽい言動をした覚えが一度もない！

開幕こそ泣いたりなどあって仕方がないものがあっただろうが、狩りが始まってからもただのゲームを楽しんでるかわいい子なのよ！　一度気になり始めたらもうこっちも止まらないのよ！　厨二っぽいこと言うチャンスを逃すたびにズコーってなってるのよ！

「や、やば！　記憶喪失を守ることに集中しすぎた！」

「なんてもの守ってんですか！」

「キャラブレすぎて残像できてますよ」

「今使っている武器もチャージアックスじゃないですか！　主観になってしまうかもしれませんがそれは味のあるかっこ良さなんですよ！　厨二なら太刀とか双剣とかあったでしょ！」

：あー……笑

：言われてみれば……

：そんな設定ありましたね、素で忘れてました

：還ちゃんがうまいこと言ってて草

：実はこの子普段の枠でも思ったほど厨二じゃないんだよなぁ

そうそう！　今のコメント欄の人も言ってたけど、この子多分厨二というものの本質を知らない。配信見ててもたまーに思い出したようにそれっぽいこと言うだけだった印象だ。

「もしかして、あんまり厨二は前面に出さないスタイルにしたんですか？」

「そんなことない！　俺はかっこよくないとダメだから！」

「それならなんで……デビュー配信の開幕と締めはそれらしいこと言えてたじゃないですか」

「あれは運営さんの添削入ってたから……」

「はいそんなこと堂々と言わないの！」

「読み終わったとか言ってたのはそのせいですか。還よりよっぽど運営さんから甘やかされている……羨ましい……」

そうだ、いい機会だしこのモンスターを使ってテストしてみよう。

「ダガーちゃん、さっきからこのモンスターが使っている、溶岩を纏《まと》った腕を地面に叩《たた》きつけることで爆発させて空を飛び、こちらに急襲してくる嘘《うそ》だろって言いたくなる技あるでしょ。この技に厨二っぽい名前付けるとしたらどんな名前付けますか？」

「あー……じゃ、ジャンピング」

「はいもうだめ」

「はぁ⁉　判断がはえーよ！」

「だってもうダサい！　シンプルな名前でもメテオブレイクとかあるでしょ！」

「ママ、今の技の名前もう一回言ってもらえますか？」

「メテオブレイク！」

「もう一回」

「め、メテオ、ブレイク」

「もう一回。ぷくく……」

「……メテオブレイク（小声）」

「淡雪先輩だって恥ずかしくなってんじゃん！

仕方ないじゃん！　厨二は冷静になったら負けなんだよ！　だから過去に自分が厨二病だったことを思い出すと今でも悶《もだ》えちゃうんだよ！

ああでも今のダガーちゃんを見ると止まらなくなってきた！　封印されたはずの過去の私が疼《うず》きだしている！

「あとこのゲームで登録してある名前！　『ダガー』じゃなくて両端に『†』を付けた『†ダガー†』とかの方がかっこいいでしょ」

「な、なるほどな！」

「かっこいいのにダサい不思議」

：出たよ伝統のやつ
：読み方ダガーダガーダガーになるじゃん、ニシローランドゴリラかよ

：これからは†ちゃんと呼ぼう
：そこが取られるのか……

「淡雪先輩の言う通りだ、俺はかっこよくなくちゃいけないからな……でもそんなぱっと浮かばないんだよなぁ」

「そんなの簡単な話です。BL*ACH を読みなさい」

「BL*ACH？　あの漫画の？」

「そうです。BL*ACH は厨二の教科書ですから。あれを一気読みしようものならどんなに冷静な敏腕女性社長も次の日には隊首羽織《ばおり》に斬○刀所持で通勤、あっという間に会社は尸○界へと変貌です」

「倒産まっしぐら」

「おぉ！　なんかすげぇ！　淡雪先輩めっちゃ厨二知ってる！　厨二師匠だ！」

「なんだその師匠は！　バカにしてんのか！」

「厨二ママだ」

「ババ赤ちゃんは黙ってなさい！」

：あわちゃんやけに熱入ってんな
：元厨二としては中途半端《ちゅうとはんぱ》な厨二には我慢ならなかったんやろなぁ

：厨二師匠はダサすぎて草

「なぁなぁ厨二師匠！　もっと俺に厨二教えてくれ！」

「だから厨二師匠じゃない！」

「ぇ……だめなの……？」

「…………」

「（ウルウルウルウル）」

「せ、せめて師匠呼びにしなさい」

「（にぱー‼）はい！　師匠！」

「ねぇママ、還《かえ》やられて一乙しちゃった（ウルウルウルウル）」

「は？」

「リスナーママの皆、これが格差社会ですよ」

それからというもの、なぜかこの枠内どころか枠終了後も私はダガーちゃんに師匠と呼ばれるようになり、厨二関連を教えることになってしまったのだった。

黒歴史だから極力思い出したくないのにどうして……どうして……。

：最近のあわちゃんって冗談抜きで母性あるよな

：面倒見がいい立派な先輩よ

：初期と比べると成長感じて目からスト〇〇出ちゃう

閑話　ダガーちゃんって……

ライブオン五期生の2人目として、名に違わない切れ味を見せたのか、振るった刃が全て自分に突き刺さったのかよく分からない活躍を見せたダガー。

彼女が最も重要視しているアイデンティティに『記憶喪失』がある。その名の通り彼女には記憶がない。記憶とはそれすなわち、自分を構成するあらゆる情報の集合体。それが無いことの苦しみ……それを正しく表現できる言葉はこの世にあるのだろうか……。

これはそんなダガーと、その同期宮内匡《みやうちただす》との間に、新しく紡《つむ》がれた記憶の一部だ。


――初対面――


「なぁ、ダガーちゃんって記憶喪失と聞いたのだが、それは本当か？」

「おうよ！　ここから俺の新しい物語は始まるのさ！」

「ふむ、そうか……。記憶をなくした経験がない宮内にはこのようなことを言う資格はないのかもしれないが、同情してしまうな……」

「あ、いや、俺の場合はそうでもないっていうか……」

「そうなのか？　宮内は自分の記憶が無くなると思ったら背筋が凍りそうになるが……」

「ぇ、えっと！　普通はそうかもだけど！　俺の場合はほら、ライブオンに助けられたおかげで前向きに生きていこうって思ってるからさ！　そのおかげで匡ちゃんにも会えたわけだしな！」

「ダガーちゃん……宮内はその心意気に感激したぞッ！　きっとこれから分からない点や大変なことも出てくるだろう、だがそんな時はこの宮内を頼ってほしいのである！　宮内はアンチライブオンではあるが、同じ五期生の仲間として、ダガーちゃんと出会えてよかった！」

「…………うぅ、ごめん、ごめんな……でもこれは、どうしてもこれだけはぁぁぁ……」

「お、おい！　どうしたんだダガーちゃん？　まさか泣いているのか？　……そうか、そうであるよな。大丈夫、何も言わなくていいさ、よしよし……ぐすっ、あはは、なぜか宮内まで泣けてきてしまったではないか」

「うわあああああぁぁぁぁ――ん‼　この子いい子過ぎるぅぅぅぅ――‼‼」

――出会いから一月後――

「なぁ、ダガーちゃんって……本当に記憶喪失なのであるよな？」

「お、おおおう！　なななななんだぁ今更！」

「いや、だって全く不自由そうに見えないのである。というかライブオンの歴史に関してはしっかりと勉強した宮内よりも詳しい時があるのである」

「そ、そんなことねーから！　ほら、この前匡ちゃんの学校のテスト勉強に付き合った時のあれ！　俺算数レベルの計算すら怪しかった時あっただろ！　あれがそーゆーことよ！」

「それは普通にダガーちゃんがおバカなだけなのではないか？」

「おバカじゃねーし！」

「怪しい……怪しいのである……」

「ち、ちげぇし……ちげぇし……（小声）」

「ほーう？」

「ひぇあああぁ……（ブルブルブルブル）」

「ま、いいのである」

「へ？」

「例えなにか秘密があったとしても、宮内がダガーちゃんと過ごしてきた時間は本物だ。ダガーちゃんはもう宮内の大切な仲間なのである」

「うわあああああぁぁぁぁ――ん‼　やっぱりこの子いい子過ぎるぅぅぅ――‼‼」

――最近――

「なぁ、ダガーちゃんってライブオンの事務所の住所フルで覚えてるか？」

「覚えてる！　ムフー！　俺の記憶力をなめるなよ！」

「記憶喪失がそれを言うのであるか……」

元よりアイデンティティがアイデンティティの喪失である時点で何かがおかしかったのかもしれない。

尚《なお》、これら一連の出来事で最たるツッコミどころは一月もの間ダガーに確たる疑問を抱かなかった匡にあるのだが、それを当人が知ったのは、この話を配信でした時がようやくであった。

五期生3

2人目の五期生であるダガーちゃんがデビューしてからこれまた今日で一月が流れた。今のところダガーちゃんもうまくやれていると思う。相変わらずキャラ崩壊の心配はあるが、元ライブオンファンとしては箱の一員として過ごす日々が楽しくて仕方がないのだろう。なんというか、キラキラして見えるんだよね。それがキャラのかわいさにもマッチしていて順調にファンを増やしている印象だ。

個人的にも私のことを師匠師匠と呼んで慕ってくれる為《ため》、どこか危なっかしいもののかわいい後輩である。この師匠が厨二《ちゅうに》師匠を指していなければどれだけ良かったか……。

まぁその点も慣れてくれれば目を瞑《つぶ》れるものだ。なんと言ってもダガーちゃんはライブオンでありながら純粋なかわいさを持っている。それだけで十分なのだ、このライブオンにおいてはそれだけでもう天使なのだ。

そんなわけで、改めてダガーちゃんのデビューから一ヵ月経《た》ったわけである。つまりは今日は3人目、いよいよ最後の五期生のデビューの日だ。

「聖《せい》様はね、エーライ君の胸を揉《も》むためならこの体を差し出してもいいと思っているんだ」

「なるほど、いくら聖様でも中身出せば良い金になりそうなのですよ〜」

「あれ、もしかして聖様臓器売られそうになってる？　そういう意味じゃなかったんだけどな……せめてペットとかにしない？　聖様多分希少な生き物だよ？」

「聖様は外見だけはいいので剝製の方が人気出そうだから、それは結構なのですよ！」

「中出しはやめてぇ！　なんちゃって」

「どんな会話だよ」

バイオレンスだかセンシティブだかよく分からない会話に思わずツッコミを入れてしまったが、今回デビュー配信を一緒に見学するのはこちらの聖様とエーライちゃんである。

聖様に誘われたのがきっかけで参加したのだが、もうこの人達強者感が凄《すご》いわ。平常のテンションでいきなり今みたいな会話しだすからこっちはスト○○無しではヤ○チャ視点よ。

「というか、そんなセクハラばっかりしていいんですか聖様？　シオン先輩が怒っちゃいますよ。今日も恋人同士２人で見学にした方が良かったのでは？」

「それはもう匡君とダガー君の時にやったからね。２人きりもいいが、同じ箱の皆をないがしろにするのも違うというのがシオンとの共通認識だよ。セクハラ云々《うんぬん》も文句を言われたことはないな、きっと聖様の愛が向けられているのはシオンにだけって伝わっているからだね」

「それ以上ノロケたら追い出しますよ」

「聖様から誘ったのに⁉」

「まぁシオン先輩も相変わらず皆のママになるって言い続けているので、このカップルは表面化している部分とは違うもっと深い部分で繋《つな》がっているということだと思うのですよ～」

「ふっ、よく分かっているじゃないかエーライ君」

「でも私もノロケにはイラついたので片方よこすのですよ～」

「おっと、聖様の腎臓はそう簡単には渡せないな」

「片方だけで腎臓って理解できるのおかしいだろ」

息の合ったやり取りを見せる２人。

エーライちゃんと聖様。一見変わった組み合わせに思えるけど、結構相性いいんだよね。聖様がエグイネタをサラッと投げて、それをエーライちゃんが毒舌を交えながらこれまたサラッと返すのが癖になるとリスナーさんからは評判だ。コラボしてるのもよく見る。

これもエーライちゃんのトーク力が成せる業か。

エーライちゃん……エーライちゃんねぇ……。

「うーん……」

「ん～？　淡雪《あわゆき》先輩、突然唸《うな》ってどうしたのですよ～？」

「あー……今は配信外なので言える話なんですけど、この前オフで会ったじゃないですか？　その時の印象がまだ頭に残っているせいで今のエーライちゃんに違和感を覚えるというか……」

「え～！　なんでなのですよ～？　私はちゃんと苑風《そのかぜ》エーライなのですよ～！」

「そういえば聖様はエーライ君とオフで会ったことないな。どんなだったんだい？」

「それはもうとんでもないイケメンだったんですよ！」

「本当かい！　はぇ～、エーライ君って聖様と同じだったんだなぁ」

「いやいや、全然そんなことないのですよ……あと聖様、次同じ扱いしたらしばくので覚悟するのですよ～！　それは放送禁止用語なのですよ！」

「おっかないねぇ……え、聖様と同じって放送禁止用語なの？」

「まぁ出会ってしばらくはお互いの正体を知らずに会話していたせいで変なすれ違いもあったんですけどね」

「草吸える。エーライ君は面白いから聖様いつも草吸わされてばっかりだよ」

「それを言うなら草生えるなのですよ！　吸うだとなんかすっごい危ない響きになっちゃうのですよ！」

「失礼、噛《か》みまみちんちんた」

「こいつの舌引っこ抜いてやりたいのですよ……」

まぁエーライちゃんに関しては園長が組長だったというクレ〇んの組長先生現象（今名付けた）も経験しているし、この違和感もいずれエーライちゃんの一部として慣れるだろう。

さて、そんなことを話している内に、デビュー配信が始まるまでもうあと数分だ。

「……やっぱり新人ちゃんのデビューって不思議と私たちまで緊張してきますよね」

「あははっ、確かに。そういえば今日はスト〇〇飲んでないんだね。配信外ではあるけど今日くらい飲んだらどうだい？　共にカオスを楽しもうじゃないか」

「そうなのですよ～。ライブオン五期生のトリを飾るライバーとか絶対シラフでは耐え切れないのですよ～」

「うーん、それも一理ありますが……実は私は一縷《いちる》の希望をこの最後の新人に見いだしているんですよ」

「？」

そう、ダガーちゃんのデビュー日、諦めから酔っ払っていたあの日の私。だが今日の私は一味違っていた――

「だってダガーちゃんはインパクトはあったものの間違いなくかわいかったんです！　つまりライブオンはまだ箱を完全なる闇鍋にする気はない、純粋に美味《おい》しい具材を入れることを考えている可能性だって、私はあると思うんですよ！　だから私は新人ちゃんを、ライブオンを信じる！　そう決めたんです！」

「――なるほど、言われてみればそうだね」

「淡雪先輩……なんだかかっこいいのですよ！」

「ふふふっ、スト○○を飲んでいないのは、一種の願掛けのようなものなのです。私はライブオンには良心が残っていると信じる、それを示したかったのですよ」

私は信じる――私の愛するライブオンを――

さぁ、配信が始まるぞ！　最後の五期生のお披露目日だ！

『こほん！　はい皆さん、おはようございます！　本日からこのライブオンにて皆さんの教師を務めさせていただく運びとなりました、「チュリリ先生」です！　これから何卒《なにとぞ》よろしくお願いしますね！』

おぉ……。

配信が始まるとまず目に入ったのは大きな黒板が目立つ背景であった。

数秒後、ガラガラというスライド式ドアの開く音が右耳から鳴ったかと思うと、その方向から最後の新人と思わしきスーツを着たライバーさんがとことこと現れ、一つ咳《せき》ばらいをした後アナウンサーのようなよく通る声でそう名乗った。

以上の流れから推測するにこの空間は一般的な学校の教室の黒板前、そしてこの新人さんのキャラクターは――

「教師キャラなのですよ～！」

「そうだね、エロゲのサブヒロインでお馴染《なじ》みの教師だね」

「お前それ絶対本人の前で言うなよ」

「分かってないなぁ淡雪君。サブだからこそ先生という立場に合った特別感が生まれてよかったりするんじゃないか。メインディッシュには出せない背徳の味がそこにはあるんだ」

……一理ある。悔しいから声には出さないけど。

まぁエロゲ云々は置いておいて、教師、つまりは先生かー、そういえばライブオンにはまだいなかったな。

先生キャラいいよね！　私もアニメキャラで好きなの結構いるなー。

……うん、先生キャラ自体はとてもいいと思うんだよ、でもね……でもね……。

元気な挨拶で誤魔化されていた部分が、黙って観察していると段々と気になって仕方がなくなってくる。

あの……この人教師なんだよね……？　なんでそんな超ド派手な髪の毛してるの？　そしてなんで……なんで髪はそんなに派手で声も元気なのに目元にドデカイクマができてて瞳も死んでるの⁉

：お、おはようございます？

：先生……大丈夫ですか？

：目が息して無い……

：今この瞬間過労死して幽霊キャラとして再デビューしそうな新人出てきて草

：現代社会みたいな顔してますね

：もうやベーぞライくらいまで来てる

光が無いだけならまだしも、こんなに奥底に闇を感じるタイプの死んだ目は初めて見るかもしれない……。

「不穏……あまりにも不穏なのですよ～」

「淡雪君、これもうだめなんじゃ？」

「いやまだだ！　まだあきらめるな！　仕事に疲れてる先生なんて割と王道じゃないですか！　普段生徒の前では見せない弱い姿をギャップにすれば人気キャラ間違いなしってね！」

……だとしてもやっぱりこの外見はやりすぎな気がするけど、私は全力で目を逸《そ》らすことにした。

『──とは言っても、これが初めましてなわけだから、いきなり名乗られても困っちゃうよね！　というわけで、これからチュリリ先生の自己紹介に入りたいと思います！』

や、やめて！　そんな目が笑っていない笑みを浮かべながら元気な声出さないで！　空元気みたいで痛々しく見えちゃうから！

『まず！　先生は実は皆さんと同じ地球人ではない！　宇宙からやってきた宇宙人なのです！』

……はい？

『あ、侵略しに来たとかじゃないから安心してね！　あの〜実は子供のころ乗っていた宇宙船が突然事故で大爆発してしまいまして〜……偶然備え付けの脱出ポッドに忍び込んで遊んでいた私以外の乗組員は恐らく全滅……私は生き残ったとはいえ爆発のあまりの衝撃に脱出ポッドも操作が利《き》かなくなっちゃってて……そうして絶望のさなか宇宙空間をさまよっていた私だったのだけど、なんと！　これまた偶然この地球に辿《たど》り着《つ》いちゃったの！以降はこの星で地球人に紛れながら暮らしているって流れね』

……壮絶すぎワロタ

……平然と語っているのがなんか恐怖だ……

……キャラ濃いなー

……教師だけじゃ満足しないのがライブオン

……カカロ○トオオオオォォォォ――!!!!

……人違いです

『名前も本当はもっと長いのだけど、この星の言語じゃチュリリ以外の部分はうまく発音できないの。髪も地球人とは違って派手で生きていくのだけでも大変で大変で……』

「なるほど、それならこの色んなカラーが入り混じっていて何色とも形容できない髪も納得なのですよ〜」

「あ、もしかしてあのクマや瞳も宇宙人だからってことじゃないかい？」

「ああ！　そういうことですか！　ナイス気づき！　聖《せい》様ゴミ屑《くず》！」

『本当に大変で、いつの間にかこんなくたびれた顔になっちゃいましたよ！』

「ほんっとうにまじゴミ屑」

「え、今最初からゴミ屑って言ってなかった？　せめて一回目は天才とか言うシーンじゃないかい？」

「本当にお二人は仲がよろしいのですよ～」

：その顔は後天的なんかい……

：クマと目が死んでさえいなければかわいい系のお顔なのに……

：でもゆうてまだ普通
『さてさて！　辛気臭い話は終わりにして、次のお話は先生の担当教科についてです！』

あ、担当教科とかちゃんとあるんだ。え、なんだろ、国語とか？　いや宇宙人に国語教えられる地球人ってしっくりこないかも。

うーん分からないなぁ。

『先生の担当科目は――「愛」です』

「あいらしいのですよ～」
「Iかー」
「アイですねー」
「「「……愛？」」」
え？　あれ……え？　これってもしかしてもう確定演出入ってる!?
……!?
……あれ、もしかしてもう『始まって』る？
……流石《さすが》ライブオン、最後までオールウェイズを出してくれる
……サービス開始のお知らせ
……むしろサービスは終了しただろ
……ライブオンはサ終《しゅう》してからが本番だから
『なんていきなり言われてもそんな教科ないってなりますよね！　そこで！　まず大前提として、皆さんは愛というものは一体なんだと思いますか？　大まかでいいので答えてみてください』
……え……

：運命共同体！

：いつくしみあいの心とかどっかで見たような……

：恋愛感情みたいなシンプルな話？

『はいお前ら０点』

!?!?

『おっと失礼しました、まだ新人なもので、あはは。こほん、えーまず控えめに言わせてもらうと皆さんは愛というものを大きく誤解しています。もっと詳しく言うと愛を感情の中という狭い定義でしか考えることができていないのです。それはつまり愛とは感情などというくだらないモノでは到底測れない美しき概念であることを知らないということ。先生はね、それは凄《すご》く悲しいことだと思うの』

：やべぇ、絶対やべぇ
：あれ、これもしかして危ない思想の話ですか？

：なんか体が震えてきた
『まず先程も言いましたが、先生は愛とは感情ではなく概念だと考えています。愛は感情でも、あるいは絶対的なモノでもなく、ある時生まれてある時消える、そしてそれは各々《おのおの》の捉え方次第である、そう言いたいわけなの。ここまでは大丈夫ですか？』

：大丈夫なわけないです
：いきなり東大の講義に迷い込んじゃった気分だわ
：あやしい宗教の間違いでしょ
：哲学の話ですか？
：この世界に絶対はない、つまりはサムライ○の話でしょ
：愛とはサムライ○だった!?
：冗談抜きで今までで一番なにを言っているのか分からない……
『この程度も分かりませんか……可哀《かわい》そうに……』
：仮にも生徒に可哀そうとか言い出したぞこの先生
：大草原
：分かりたくないです
『でも心配しないで！　私は先生、分からない子に教えるのがお仕事なんだから、ここからは例を使って分かりやすく解説します！　愛とはなんたるかをお勉強しましょう！　さて、今回例として持ってきたのはこちらの「シャーペンと消しゴム」です。こちらの二枚の画像を見てください、片方にシャーペンが、片方に消しゴムが写っていますね』
：分かりたくないのに拒否権が無い、これが本当の義務教育

：本当に画像出てきた

：シャーペンと消しゴム……これがなぜ愛に繋《つな》がる？

『はい、この二枚の画像にはいくつも愛が生まれています！　つまりはそういうことなのです！』

：!?

：はい!?

：wwww……ww……????

『理解力がミジンコのお前らの為《ため》に解説していきますね！　まずこのシャーペンと消しゴムはお互いの視点から見て、なければならない存在です。シャーペンは書いたものを消せないと不便だし、消しゴムはそもそも消す対象が居なければ存在価値がない。この関係性ってね、愛以外の何物でもないよね』

＋＋＋

シャーペン「俺、お前がいてくれるから自由に生きていられるんだ」

消しゴム「私なんて貴方《あなた》と出会う為に生まれてきたのよ」

＋＋＋

『となるわけだよね！　でも愛はこれだけじゃないよね？　そう！　シャーペンのお尻についてるあの全然消えない小さい消しゴムが出てくるわけだ！　登場するのは消しゴムだけ家に忘れてきてしまったとき――』

＋＋＋

シャーペン「どこだ⁉　どこにいるんだ消しゴム⁉　このままじゃ、このままじゃ『さんぽ』と書こうとしたら間違えて『ちんぽ』になってしまったこの間違いをどうやって正せばいいんだ⁉　このままでは俺が下ネタシャーペンになってしまう……」

？？？「心配ないわ」

シャーペン「誰だ⁉」

？？？「私よ」

シャーペン「お前は……尻ゴム……」

尻ゴム「そう。私を使いなさい」
シャーペン「そんな、君はまだ初めてじゃないか！　その綺麗《きれい》な純白の体を俺の為なんかに汚すことはない！」
尻ゴム「いいの、だって私がやりたいんだもの。いつもあなたには私よりよっぽど綺麗に消せる消しゴムさんがいた。だから今まではあなたを陰から見ていることしかできなかった。でも今くらいは……今くらいはあなたのピンチを助けさせて？　私を使ってほしいの。お願い、これは私の我儘《わがまま》」
シャーペン「尻ゴム……」

＋＋＋

『ということだよね！　尻ゴムちゃんの一途《いちず》で健気《けなげ》な思いにシャーペンはときめいちゃって、状況に流されて一消しの関係を持ってしまい……あぁ、また愛が生まれてしまった……。でも、実はまだこの画像には愛が隠れているって気が付いた人はいるかな？　それはね——』

＋＋＋

消しゴム「ぐすっ、ぐすっ、シャーペンに浮気《うわき》された……隠そうとしていたけど彼の尻ゴムが確かに汚れていたもの……酷《ひど》い！　あんな生娘に惑わされるなんて！」

？？？「消しゴム、泣かないで」

消しゴム「⁉　あ、貴方は……消しゴムカバー⁉」

消しゴムカバー「そう、M○NOとでっかく書いてあることでお馴染《なじ》みの消しゴムカバーだ」

消しゴム「貴方どうして……」

消しゴムカバー「そりゃあ、僕の仕事は君を包み込むことだからね。やっと出番が来たよ」

消しゴム「まさか貴方……ずっと？　ずっとそこで守ってくれていたの？　どうして今まで黙って……貴方が喋《しゃべ》ったのなんて見たことがないわ……」

消しゴムカバー「あはは……僕にできることって、本当にこれくらいだからさ。ずっとシャーペンと君との応援ができればそれでいいかなって思ってたんだけど……今日はなんか我慢できなくなっちゃって。あはは、迷惑だったかな？」
消しゴム「ううん、そんなことない！　そうなのね、いつもそばで支えて、一緒に歩んでくれていたのね……ありがとう」

＋＋＋

『ってねうはあああああああ！　尊！　まじ尊！　儚《はかな》くも美しい！　これこそ愛！　真実なる愛！　人間同士の交流なんていう嘘《うそ》にまみれたきったねぇ関係とは一緒にしてはいけない尊さだわ――――‼』

「――――――――」

なにを――なにを言っているんだこの人――？

「え、エーライちゃん」

得体のしれない恐怖に襲われ、助けを求めるようにエーライちゃんに話しかける。

「なにを言っているんだこの人？」

「⁉」

だ、だめだ！　エーライちゃんも完全に呆気《あっけ》に取《と》られている！

そうだ！　聖《せい》様なら！

ライブオン屈指の変態であるあの聖様なら私をこの恐怖から救い出してくれるはず！

「聖様！」

「なにを言っているんだこの人？」

「え……」

うそ――でしょ――？

あの聖様が――理解できて――いない――？

『……こほん！　えー例は以上になります。これが先生の指し示す「愛」、皆さんが今まで思い込んでいた仮初《かりそめ》の愛なんかじゃない、「真実の愛」なの。どう？　分かってもらえたかな？』

：（ ﾟДﾟ）（つД⊂）ｺﾞｼｺﾞｼ（；ﾟДﾟ）（つД⊂）ｺﾞｼｺﾞｼ（；ﾟДﾟ）…!?　（つД⊂）ｺﾞｼｺﾞｼｺﾞｼｺﾞｼｺﾞｼ（　Д　）

：アカン……この人本当にアカンやつや……

：大トリとはいっても誰がここまでやれと言った

：つまり……どういうことだってばよ……？

：コメ欄の草すら消えてしまった……むしろ砂漠化したのやばすぎだろ……

：見ろよこの女、草を刈り取る形をしているだろ？

：鎌かな？　いや確かに元ネタも鎌っぽい形やったけども……

：感受性の豊かさが地球人のそれじゃない、これは宇宙人ですわ
「――おいそこのストロング○○○○《放送禁止》、歯を食いしばれ」

「はい⁉⁉」

「さっき放送禁止用語注意してた人とは思えない発言が聞こえちゃったよ」

え⁉　今のって信じたくないけど私のこと指してるよね⁉　え、なんでエーライちゃん私にキレてるの⁉

「テメェが配信前にお手本のようなフラグ立ててるからこんなことになっちまったじゃねぇか‼　どう落とし前付けんじゃゴラァ‼」

「はあぁぁ⁉　いやいや、なんで私が原因みたいなこと言ってるんですか⁉」

「聖様ね、昔教師役をやったことがあるんだよ。その時に少し導入のアドリブをお願いされてね、『バカとブスほど東大に行け、これが本当の灯台下暗しってね』って言ったら全裸の生徒たちが皆一斉に震えだしてＮＧが出ちゃったんだよね」

「大体エーライちゃんだってカッコイイとか言ってたじゃないですか！」

「あれはツッコミを入れたらそれこそ本当にフラグとして成立してしまうからせめてもの

抵抗じゃ！　なにが闇鍋じゃ、鍋にスト○○投下した奴《やつ》に言われたくないんだよ！」

「し、知らないですよそんなの！　もうこっちだって怒りましたよ！　エーライちゃんのバーカ！」

「んだとゴラァ指詰めるんかワレェ‼」

「バーカ！　まぬけ！　アンポンタン！」

「どないするんじゃ？　お？　指詰めるんか？　詰めるゆうたら道具いるやろなにが欲しいんや？　なにが欲しいゆうてるやろ‼」

「小学生と組長の喧嘩《けんか》みたいになってるじゃん。そういえばね、聖様極道役もやったことあるよ。『指詰めるんかちんこ詰められるんかどっちがええんや！』って攻めてペニバンでガンガンとね。いや〜あれは興奮した」

「ふんっ！　今まで黙っていましたけどもう言ってやりますよ！　なんか聖様とコンビみたいに言われてるみたいですけどね！　２人を比べたら聖様はエーライちゃんの爪の垢《あか》みたいなもんなんですよ！」

『ひ、酷い⁉　私の爪の垢の価値を甘く見るのはやめるのですよ〜‼』

「おや？　標的が変わったようだ」

ふ、ふぅ、あほなこと言ってる内に少しずつ落ち着いてきた。

えっとなんだっけ？　消しゴムとシャーペンがカバーでお尻で……。

……思い出したらまた頭が痛くなってきた。

『あらら、今のじゃ分からなかったかな？　1人でもいいから分かったーって人がいたら挙手してみてくれる？』

シ――――ン。

『はっ、これだから地球人は』

：おい今なんて言った⁉

：発言が完全に侵略者のそれなのよ

：宇宙人キャラにこれ以上ないほど納得した

：やっぱりライブオンは新人の意味を間違えていた（確信）

：ライブオン「新人って新人類のことじゃないんか⁉　そうか、宇宙人のことか！」

：責任者出てこい

：晴《はれる》「逆立ちで水飲んでみた」社長「カバディ」

：この会社……責任者がいない？

『でも大丈夫！　さっきも言った通り、これからの授業を通して皆さんに愛とはなんたるかをしっかり理解させてあげるからね！　先生に任せて！』

やだコワイ……この人の全てが恐ろしい……。

え、私たちこの人の先輩ってまじ？　これから一緒に配信する可能性大ってまじ？

おぅおぅおぅ、これがコズミックホラーってやつですか……SAN値ピンチ……。

『えーそれではね！　担当教科の発表も終わったということで、ホームルームが終わるまで質問返答の時間をとっちゃおうかな！　先生に質問あるひとーー！』

……

……

……

……あ、あの……普通に人間同士の愛はダメなんですか？

……勇者現る

『人間同士の騙《だま》し合いになんの価値がある？』

!?

『先生ね、人間って生物が大嫌いなの。私はもはやあれを生物とは呼びたくないわ。この自然界を見てみなさい。脳なんてものばっかりが進化した人間は明らかに歪《いびつ》な生命体だと思わない？　人間は本能であるべき愛を脳で考えるようになってしまったわ。それは考えた算段の愛であって真実の愛はそこに存在しないの。愛はね、この星の人間以外のあらゆ

おい今なんて言った!?
発言が完全に侵略者のそれなの。
宇宙人キャラにこれ以上ないほど納得した
責任者出てこい

る概念に生まれるけれど人間にはもう決して生まれないのよ。だからその質問の答えは純度100％のNOね』

……これもう教師じゃなくて教祖様だろ

……ちびりそう……

……闇が深すぎる

……ど、どうしちゃったの？　なにか辛《つら》いことあった？

……あんたも似たようなもんやろがい！　宇宙人とは言ってもほぼ俺らと変わらんやん！

『そうねそのとおりね、疎《うと》ましいことに先生も地球人に近い脳を持っているわ、だからこうやってみじめに自分とではなくモノとモノのカップリングを想像しているの。先生が交じった瞬間それは愛ではなくなるからね。でも地球での暮らしに染められたとしても私は宇宙人、この目は愛を視《み》ることができる、愚かな地球人とは違うのよ』

ひぃぃぃ……やばい時には口調も変わるの怖すぎる……これもう新人というか黒幕の風格だよ！

『……ごめんなさい、これも自分の主張の押し付けだって本当は分かっているの。教えるなんて言ったけれど、本音を言ってしまえばこんなのが理解なんてされないって分かっているわ。それらしく本能とか言いながら無機物の例を出しているとかもうめちゃくちゃよね、結局は当てつけなのよきっと』

え？

饒舌《じょうぜつ》に己の思想を語っていたかと思いきや突然我に返ったかの様子で謝罪をしたチュリリ先生。その姿に、またもや私は呆気に取られてしまった。

『先生ね、人に性愛を覚えることができないの。先生の性愛が向けられるのはいつだって人類以外に対してだったのね。言ったでしょ？　先生はね、皆さんと違って宇宙人なのよ』

どこか遠い眼《め》をして、これが本当の自己紹介とばかりに自分のことを話し始めるチュリリ先生。

『――人間が嫌いなのは本当だけどね』

最後にそう言って『あはは』と笑う先生。私もコメント欄もどう反応したらいいのか分からなかったが、今はそのクマや死んだ瞳がやけに似合って見えた。

『はい！　次の質問ある人ー！　本当になんでもいいよー！』

気を取り直してとばかりに質問返答へと戻る先生。

反応に困るのも事実だが気になることが多いのも事実、コメント欄に再びちらほらと質問が流れ始める。

：人間嫌いならどうしてライブオンに入ろうと思ったんですか？

『え？　暴れたかったから』

「「「ぶっ‼」」」

あまりに直球な返答に見学組３人揃《そろ》って噴き出してしまった。

「なんか暗い話したと思ったらまたライブオンに戻りましたね……」

「いやいや、確かに暴れることを楽しんでいるライバーさんもこの箱にはいるかもですが、それをデビュー配信で包み隠さず言うってどうなのですよ……」

「おやおや、あばれる君達がなにか言っているね」

「「お前が言うな‼」」

「知ってる？　あばれる君って身長１８０くらいあってラッパーだったこともあるんだよ。ちなみに聖《せい》様も身長１８０くらいでファッカーだったことがあるよ」

「「もで繋《つな》げるな‼」」

「理不尽を感じる」

：www
：これはあれだ、極限にまで煮詰めて凝縮したライブオンって感じ
：あーなるほど

『もーここまでのマイノリティになると世間での肩身が狭くて狭くて……そんな時に、そういえばライブオンってVTuber事務所あったな、先生ならいけるんじゃ!? ってなってね！ もう何もかもに疲れ切っていたし、こんな生き方続けるくらいなら世論とか恥とか全て捨てて暴れ散らしてやりたくなったの』

「ど、どんだけ正直なんですかこの人！」

「正直というかこれもう自暴自棄になってるんじゃないのですよ～？ あと少なくとも私は世論も恥も捨ててる訳じゃないのですよ～」

「私もですよ。それはライブオンの中でも聖様くらいです」

「はっはっは、なにを言うか、聖様は世論に恥を晒《さら》すことで気持ちよくなることだって可能だよ。こんな恥ずかしい姿の私を見ないでってね」

「心配しなくても見ないし見たくもないですよ」

「見ろよ」

「さっき見るなって言ってたのに!?」

「だって聖様の恥ずかしい姿だよ？」

「聖様に恥ずかしくない姿ってあるんですか？」

「見たことないのですよ～」

「うーん後輩が生意気で非常にお股に悪い」
：もう賛否とか知るかって感じだな
：これからどうなるんやろ……期待と不安が半々……
：質問です！　先生は腐女子ではないんですか？
：あー、こういう逞《たくま》しい妄想ってそっちのお姉さま方のイメージあるよな
：→すっごい言葉選んでて草
『違うと思うかな、先生の妄想にはＮＬが多いし。ＢＬもいけるけどね、ＧＬもーまぁ物によってはいけるかな。あと、これは先生の想像になっちゃうし個人差もあるんだろうけど、腐女子の人達の中には先生みたいに天井と床とか元素記号でカップリングを妄想できる人もいるみたいだけど、それって無意識に脳内で人に変換してるんじゃないかなって思うの。先生の場合は元のままで妄想しているから……あと正直な話同じって言うと怒られそう』
：最後が全てだろｗｗｗ
：天井と床……？　元素記号……？　え……？
『あ、大丈夫、知らなくてもいい世界だよ
もうすぐホームルームが終わっちゃうね！　それじゃあ最後に、ちょっと感謝を伝

時間貰《もら》うね』

えたいライバーさんがいるので、見ていると信じてちょっとだけ時間貰《もら》うね』

あまりに濃い時間だったため失礼ながらようやく終わるのかと一瞬安堵《あんど》したが、どうやらまだ続きがあるようだ……。

でも感謝を伝えたい？　デビュー配信で？　どういうことだろう、まさか他のライバーさんの以前からの知り合いだったりするのかな？

『こほん！　えー、三期生の心音淡雪《こころねあわゆき》さん！　貴方《あなた》のおかげで先生はいまこの教壇に立っています！　その節は話題に出していただき、誠にありがとうございました！』

――へ？

「淡雪君……」

「おい……テメェ……またテメェなんか……」

「え？　へ？　……ゑ？」

…………………。

「はああああああああぁぁぁぁ――⁉⁉」

：淡雪ィイイお前の仕業か嗚呼《ああ》ああアアァァァぁ‼‼

：wwwwwwwwwwwww
：まさかデビュー前の女の子まで手に掛けるとは……
：スト○○あるところに淡雪あり、もうこの国に逃げ場はないのだ
：シュワちゃんは絶望した女のところにいってスト○○を注入する正義の味方スト○○ライダーだから
：当然のように男は範囲外で草
：手口が完全に人の闇につけこむ悪の組織側なんだよなぁ
：ライダーもなにもむしろ乗っ取られてる側だろ、スト○○が淡雪ライダーなんや
：ショ○カーなんでバイクに改造した淡雪に乗る擬人化スト○○のイラスト描きます
：ライダーじゃなくてバイクの方に改造されるのか……
：VTuber心音淡雪は改造バイクである！（本家ナレーター風）
：であるじゃないんよ
：スト○○を燃料にして走るぞ
：1L440円は流石《さすが》にきついっす
：ライダー――返品！
：お前もう特級呪物でいいよ

「はい⁉　なんで私⁉　知らない知らない！　こんな人知らないから！　大体私の知り合いなんてライブオン関連以外ほぼいないし‼」

……いや、ちょっと待てよ、話題に出していただきって言った？

『先生ね、もともとライブオンどころかVTuber自体よく知らなかったの。だからきっと淡雪さんがいなければこのまま社会の藻屑《もくず》と化してたわ！　……まぁ、直接の知り合いではないのだけどね』

出会ったことがあるという前提で、改めて今までのこの先生の言動を思い返した時、私の記憶の中である出来事が引っかかった。

『ある日、私と同じような人はいないかなってSNSを調べていたらね、なぜか淡雪さんの切り抜きに辿《たど》り着《つ》いたの。えっと、確か「ライブオン常識人組」って配信の切り抜きね』

そう、だってそれは、忘れようのない鮮烈な出来事だったから――

『その切り抜きで淡雪さんがね――』

まさか――まさかこの人――ッ‼

『レンタルビデオ屋でム○キングにＢＬを見いだしていた先生の話をしてくれていたの‼』

「やっぱりあいつかああああああああぁぁぁぁ――‼‼」
ああ、私は覚えている、『王道イケメンのヘラクレスオオカブトとガチムチのエレファスゾウカブトのカップリングたまらないわ～！　逞しくいきり勃ったオスのシンボルが荒々しくぶつかり合って相手の急所を狙い合っている……やっぱりム〇キングは最高のBL物ね！』、そう言っていたあのお姉さまの姿を……。
でもまさか……まさかその話をしただけで五期生として入ってくるなんて誰が思うんだよ‼
：驚愕《きょうがく》の正体発覚である
：あったなぁそんな話笑
：てかあの時は昆虫専の腐女子かと思って唖然《あぜん》としたのに、実物はそれよりすごくて草
：あわちゃんはライブオンのスカウトでもやってるの？
：最後に草を取り戻してくれたのは紛《まが》うことなきライブオンのエースですわ
『その配信でライブオンを知ったから先生は面接を受けようってなったの！　そしてこれからは真実の愛、言い換えるなら「概念的愛」の授業をしていくからね！　よし！　それじゃあ時間が来たから今日はこれでおしまい！　ありがとうございましたー！　キーンコーンカーンコーンー♪』

学校定番のチャイムを口ずさみながら画面外へと退室していくチュリリ先生、そのまま配信は終了となった――


「……とりあえず私の信頼を裏切ったライブオンを爆破しに行きますか」

「その前にテメェを爆破してやるよ」

「なんで⁉」

「フフン。ペニバンを付けるとすぐ濡《ぬ》れやがる。まってろよ、すぐに淡雪君を見つけてやるからな」

「レザーのモヒカン男みたいなこと言ってる⁉」

大丈夫かな……この先生と私仲良くなれるかな……。


『よっと、あー、あー、あー』

「「……ん？」」

先生が退場した後、数分間感想を言い合ったりなぜか私が責められたりとわちゃわちゃ過ごしていたのだが、突然このまま終了すると思っていた配信から声が聞こえてきた。

あれ？　この声先生じゃない。というか聞き覚えあるぞ、これもしかしてダガーちゃんじゃ？

『よし、聞こえてんな！』

『こらダガーちゃん！　ちゃんと挨拶をしないとダメではないか！　えーごきげんよう皆の者。偉大なる宮内《みやうち》家の一人娘にしてアンチライブオン、宮内匡《ただす》である』

匡ちゃんも⁉　え、何事⁉

リスナーの戸惑いも気にせず、アバターまで表示し、いきなり会話を始める2人。

『いや～さっきの先生のデビュー配信俺も見たけどさ、あれはだめだよなー』

『そうであるな。リスナーを置いてけぼりにしたり突然情緒不安定になったり、言語道断である』

『ほんとダメな先生でごめんなー？』

「いやいや、絶賛聖《せい》様たちも置いてけぼりにされてるんだけど……」

「……あっ！　これ、もしかして、癖が強すぎたチュリリ先生のフォローに来たのではないのですよ～？」

「なるほど！　同期のことを考えてきてくれたってことですか！　てぇてぇなぁ」

『本当にチュリリ先生はダメダメなのである。時間割作らないとすぐ生活リズムボロボロになるし、食器は溜《た》まるまで洗おうとしないし』

『なー！　洗濯物の分別は適当だし、渇いた服はしわしわのままで着ちゃうし』

「……フォローしてなくないですか？」

「むしろ追い打ちしているのですよ～」

「いや待て、そうじゃないだろう？　今の会話には重要な要素が含まれていたじゃないか！」

重要な要素？

聖様の言葉に首を傾《かし》げた時、コメント欄がざわざわしていることに気がついた。

：なんでそんなことまで知ってるの!?

：よくご存じで（ニヤニヤ）

：もしかして一緒に住んでる？

!?　そ、そういうこと？　そういうことなのか!?

まさかこの３人、そんな文句を言えるくらいめちゃくちゃ仲がいい!?

「いや、一緒には住んでない。けど俺同じマンションで部屋隣だからよく入り浸ってる」

『宮内は実家暮らしだが、あまりに先生がだらしないからよく偵察に行くのである』

『それにしても今日まで長かったなー、やっと五番隊が全員揃《そろ》った！』

『普通に五期生でいいのである。でも長かったのは同意であるな、宮内とかダガーちゃんがデビューした後は決まって先生病み期に入ったりして大変だった……』

この2人が仲がいいのはなんとなくこの一月で察していたけど、あの先生とも仲がいいのか。

でもそうだよな、よくよく考えれば私たちにとっては今日が先生との出会いでも、今回の五期生のデビュー方式だとこの2人は既に相当長い時間一緒にいたってことだもんな。

……んーそれでも意外だ、あの先生がなぁ。

『でもさ、まー少しはあの先生にもいいとこあるんだよ、ほら、案外真面目だったり』

『そうであるなー』

『コラアアアアアアアアァァ――!!!!』

「「⁉」」

仲がいい理由に納得はしても、それでも意外だなと思いつつ2人の緩いテンションの会話を聞いていたのだが、急に切羽詰まった怒号が聞こえてきて思わず体を強張《こわば》らせた。

『あ、先生おかえりー』

『なぜ戻ってきた？　先生の出番もう終わりであるぞ？』

『貴方達の出番がある方が聞いてないわよ!!　配信終わって別部屋に移って、ようやく一息の缶コーヒー。そうだ、せっかくだし配信閉まる前に自分で開いてみよーってスマホで見たら貴方達《あなた》が出ててコーヒー噴き出したわ！　ぜぇ……ぜぇ……』

『まぁ落ち着けよチュリリリ先生』

『リが多いわよ！』

『そうであるぞ、チュリ先生が不甲斐《ふがい》ないから宮内とダガーちゃんが出てきてやったのではないか』

『貴方たち事務所までの付き添いとしか言ってなかったじゃない！　後今度はリが足りない！』

『まぁそうカッカすんなよチュリリリリリリリリリリリリリリリリrrあ、噛《か》んじった』

『やはりチュリリ先生の本名呼びは発音が厳しいであるぞダガーちゃん』

『そんなあほな本名じゃないわ！　変な設定付けるな！　ああもう恥ずかしいから余計なこと喋《しゃべ》らないの！　もう配信は終了なんだからこっち来なさい！』

『おおっと、そんな引っ張るなよー』

『そんなに焦《あせ》らなくとも、ちゃんと予定通り帰った後にお祝いパーティーはするであるぞ』

『だからそんなこと言わなくていいのよ‼‼』

：完全にただの仲良しさんで草
：お？　もしやツンデレか？

：本名churrrrrrrrrrrrrrrrrとかかな？

：パーティーで草、人間嫌いとは？

：な、なんだったんだ？

余裕のない先生の声にも相変わらず緩く対応していた先デビュー組だったが、無理やり部屋から引きずり出されたのか声が遠ざかっていき結局フェードアウトしてしまった。

そしてそのまま配信も終了――

……最後までどころか延長戦まで理解が追い付かなかったデビュー配信、しかもかつてないほど強烈な個性を持った新人の仲間入りだったが――

「あれだね、なんとかなりそうな気はしてきたね」

「ですよ～」

「そうですね」

匡ちゃんとダガーちゃんのおかげもあり、全て終わってみればそう頷《うなず》く私たちがいた。

こうして三者三様、ライブオン五期生全員のデビューが終了したのだった――

愛の授業

チュリリ先生が鮮烈なデビューを飾ってから早数日。私はスマホの前でなんとも言えない苦笑いを浮かべていた。

その原因は先ほど私に届いたこのチャットである。

〈チュリリ先生〉：心音淡雪《こころねあわゆき》さん。今送った日時に授業を予定していますので、忘れずに出席をお願いします（コラボどうですかってことです。ご都合が悪ければ出来る限り調整もします）。

なんだこのなんとも言えない誘い文は……先生らしく忘れずに出席しろって言ってるのに都合悪ければなんとかしてくれるのか……。上からなのか下からなのかよく分からんのよ、打ち上げ花火かよ。

まぁそれはいいんだよ。その日空いてるし他のライバーさんだったらなにも考えずにOKを出しているところだ。

だけど……チュリリ先生だからなぁ。

既存のあらゆる表現方法で今悩んでいるのに理由を挙げても、『チュリリ先生だから』

に納得感で勝てる理由ってないと思うんだよね。空が蒼《あお》いように華が散るようにチュリリ先生はやばい、それがこの世の摂理なのだ。

デビュー配信の終わりに匡ちゃんとダガーちゃんが印象を和らげてくれたから危機感のような感情はない。このコラボのお誘いも受けるつもりではあるのだ。

ただ、それでもなんの情報も無しでチュリリ先生と互角の戦いを演じることが出来る自信が無いんだよな……。

いくらチュリリ先生とは言っても、立場は新人で私は先輩だ、コラボに不慣れな新人ちゃんをうまく支えてあげなければいけない。だがチュリリ先生に翻弄されてばかりではそこが疎《おろそ》かになってしまう。

もうちょっと先生についての情報があれば立ち回りを考えることも出来ると思うんだけど……。

「あっ、それなら同じ五期生に聞いちゃえばいいのか、あの子達は先生とそこそこ付き合い長いはずだし」

そう思い立った私は、まずはダガーちゃんにチャットを送ってみた。

〈心音淡雪〉：突然すみません、先程チュリリ先生からコラボに誘われまして、傾向と対策を練る為《ため》に先生がどのような性格の方なのかを教えていただけませんか？

傾向と対策……奇《く》しくも先生に対する話題としてらしい文面になったな……。
しばらくして返事がくる。
〈†ダガー†〉：先生はな、手遅れになった聖様だ！
〈心音淡雪〉：聖様に間に合っている手なんてないですよ
〈†ダガー†〉：じゃあ手遅れになった師匠！
〈心音淡雪〉：私に遅れている手なんてないですよ
〈†ダガー†〉：あははは！　師匠のボケはいつも面白いから大好きだ！
〈心音淡雪〉：あれ？　私いつボケました？　まさか遅れているのところなんて言いませんよね？　お？　お？
〈†ダガー†〉：ぅ……すまない師匠、記憶が……なにを考えてさっきのチャットを送ったのか思い出せない……
〈心音淡雪〉：こんな時だけ設定覚えてるんですから……
あぁいいなぁ、ダガーちゃんはやっぱり癒《いや》される……顔がいいのは勿論《もちろん》だけど、このちょい生意気だけどノリのいい後輩感がまたかわいくて笑顔になっちゃうんよ……。早速私に言われたこと守って名前に†付けてるのもいぃ……。
……ああ違う違う、癒されている場合じゃないんだった。このままたわいもない会話を続けたい欲が頭をよぎったけど、今は先生のことを聞かねば。

〈心音淡雪〉：話を戻しまして、手遅れになったってもう少し詳しくお願いできますか？

〈†ダガー†〉：先生はな、社会で長いこと生きてきて、社会がどういうものなのか知ってるんだよ。俺とか匡《ただす》ちゃんみたいな子供じゃない。そんで変に真面目なもんだから社会の闇ばっかりに目がいって、結局その闇に呑《の》まれちゃったんだな

〈心音淡雪〉：大人ってことですか？

〈†ダガー†〉：大人が自立できる人を指すならそれでもない。聖《せい》様とか師匠は先生と同じく傾向は違っても社会を生きてきて、同じく闇に目がいって、それでも呑まれる前にライブオンに来て今は自立してるだろ？　でも先生は完全に限界を超えた後にライブオンに入ったから手遅れって言ったわけだ

〈心音淡雪〉：なんだか闇が深いですね……

〈†ダガー†〉：実際ひねくれてるしなー。でも悪い奴《やつ》じゃない、社会の闇に呑まれるのはいつだっていい奴だろ？　光を持っているからこそいざ闇と相まみえるとその闇が濃く強大に見えてしまうんだよ

〈心音淡雪〉：ダガーちゃん、なんでこんな時に限って完璧な厨二《ちゅうに》が出来るんですか？　それを普段からやりなさい、真面目な話の途中でやられると反応に困ります

〈†ダガー†〉：ええ⁉　今の厨二やるつもりなかったけど⁉

　本当にこの子はポンコツなんだから……。

〈†ダガー†〉：あーまぁそんなわけで、傾向と対策だっけ？　下手に奇をてらったりせずにいつも通り真っすぐ！　チュリリ先生が曲がったこと言ってもただただ真っすぐ！　それでいいと思うぞ
〈心音淡雪〉：ぇぇ……なんか脳筋みたいですね……

〈†ダガー†〉：だって俺とか匡ちゃんとかそれで仲良くなったしな。大丈夫だ！　チュリリ先生は押せばやれる！

　……こ、この押せばやれるは狙っての下ネタと捉えていいのだろうか？

　多分そうだよな、この前下ネタもいけるって言ってたしな、よし……。

　なんだかさっきより気持ち動きが鈍くなった指で再び文字を打ち込む。

〈心音淡雪〉：教師系の薄い本でも定番の流れですもんね！

　これでよし、ふふふっ、ダガーちゃんとのやりとりも段々様になってき――

〈†ダガー†〉：あー？　いきなりなんだ？

　下ネタじゃなかったんかーい‼‼

　机にズコーッと上半身が倒れこんだ私なのだった。この天然ちゃんが！

〈†ダガー†〉：ちなみに師匠に届いたコラボのお誘い文面を考える為だけに俺を呼び出したあげく五時間も悩んでたくらい先生は真面目だぞ

へ⁉　ええ⁉　あ、消えた⁉

なんだかすごく面白そうな情報が書かれた文面が届いた気がしたのだが、ほんの数秒で取り消されたらしく消えてしまった。

〈心音淡雪〉：ちょっと！　今のもう一回送ってください！

〈†ダガー†〉：う……すまない、また記憶が……

〈心音淡雪〉：もしかして隣に月島《つきしま》さんとかいない？

〈†ダガー†〉：あー？　だれ？

〈心音淡雪〉：まだそこまでは読んでないのね……

これでダガーちゃんからは話を聞いたから、次は匡ちゃんにも聞いてみよう。

ダガーちゃんに送ったのとまったく同じ文面を匡ちゃんにも送る。

〈宮内《みやうち》匡〉：真面目な人である

しばらくするとそう返事が来た。

2人とも言うってことは本当に先生は真面目な人なんだろうな、ああ見えて……。

〈宮内匡〉：あとどうしようもない人である

一行での矛盾、むしろ最近では安心するまである。
〈心音淡雪〉：ダガーちゃんも手遅れになった聖様とか言ってましたよ
〈宮内匡〉：言い得て妙であるな。だが手遅れになるということはその道は向いてなかったというだけで、先生も腐らずに新しい道を進めばいいと宮内は思うがな
……なんだか匡ちゃんの発言には若い活力を感じるなぁ。私もまだ若輩者ではあるけど、それでもなんだか活力に溢《あふ》れて聞こえる。
〈宮内匡〉：また、傾向と対策の観点からだと、先生はライブオンの知識が殆《ほとん》どないことは知っておくといいかもしれんな
〈心音淡雪〉：え、そうなんですか？
〈宮内匡〉：先生はライブオンに興味があったわけではないからな。貴様のことを少し知っている程度だ
〈心音淡雪〉：一員になったんだし、調べたりしてはいないんですか？
〈宮内匡〉：運営さんから無知は魅力と言われて、めちゃくちゃ気になるらしいが律儀《りちぎ》に今日までそれを守っているのだ
〈心音淡雪〉：な、なるほど……
〈宮内匡〉：真面目であろう？

〈心音淡雪〉：今ので初めて納得できました

合格が決まってから匡ちゃんダガーちゃんと順にデビューしていざ自分。この間に相当な期間があったと思うのにすごいな……。

というかそれなら一番最初にデビューさせてあげろよ運営と一瞬思ったが、あれが最初はそれはそれでだめだな。キャラが強すぎるのでフォローできる同期が先にデビューすべきだ。

でも……うん、２人から話を聞いて、どう挑めばいいのか分かった。

先生に授業への参加了解のチャットを送る。

まぁあれだよな、ようはあれよ。

スト〇〇飲んで行けばいいってことでしょ。

「はい皆さん、おはようございます！　ライブオン五期生兼愛の授業担当教師のチュリリ先生です！　これから授業を始めるということで、まずは出席を取りたいと思います。えー神成《かみなり》シオンさん！」

「はーい！」

「祭屋光《まつりやひかり》さん！」

「はい！」

「心音淡雪《こころねあわゆき》さん！」

「かんぱーい！　ごくっごくっごく」

「…………」

というわけでやってきましたチュリリ先生との初コラボ！　１人で授業受けるっていうのも少し変だから、光ちゃんとシオンママと私の３人でやるみたいだね！

「……あの、淡雪さん？」

「んー？」

「なにをしているのかな？」

「酒飲んでます！」

「……なにかおかしいって思わない？」

「おかしくない点があるなら言ってみろよ」

「…………」

：今日は授業中に酒飲んで注意してきた教師に逆切れする清楚《せいそ》の誕生日です
：問題児すぎる

：尾崎《おざき》ですらドン引きするぞ
：偏差値0の高校あるある
：それは高校ちゃう、シュワちゃんの家や
「あのね、実は先生ね、ライブオンのことあんまり知らないの。ライバーさんのことも公式設定くらいしか見てなくて、おかしな人達が集まっているくらいの認識なのだけど……これって普通なの？」
「光は最高にロックだと思います！」
「赤ちゃんは暴れん坊なくらいが元気でいいと思います！」
「………………」
：あぁ、先生の顔色が更に悪く……
：この前の個人枠でも言ってたけどマジであんまり知らないんやな
：普通です（絶望）
：先生が普通に見えてくる不思議
：どうせすぐそれも幻覚だって気づくぞ
「そう……そうなのね……あれ、もしかして私の想像以上にライブオンってやばい？　いやいや、暴れるつもりで入ったやつがなにヒヨってるのよ！　こほん！　えーそういうわけでね、これから授業を始めていくわけなのだけど、皆さんのことを知るために、まずは先生に自己紹介してほしいの！」

「先生！」

「はい？　なにシオンさん？　あ、もしかして一番に自己紹介してくれるのかな？」

「先生を赤ちゃんにしてもいいですか！」

「バナナはおやつに入りますかみたいなノリでなに言ってるの⁉」

「私は今日から先生のママです！　シオンママと呼んでください！　よろしくお願いします！」

「よろしくできないわよ‼　あのね、とりあえずまずは自己紹介をね？」

「ライブオン二期生の神成シオンです！　悩んだり困ったりした時はこのシオンママにお任せだよ！」

「おー、心強いですね！」

「趣味はママ活！」

「なにがあっても絶対にお任せしないわ」

「あ、ママ活と言っても、同箱のライバーを無理やり赤ちゃんにしてオギャオギャバブバブを強制する方のママ活だからね！」

「金輪際関わりたくないわ」
：草
：赤ちゃんが増えるのが嬉《うれ》しくてテンション上がっちゃってるなシオンママ
：どの方だよ
：普通のママ活が真っ当に見える所業で草
：これでもライブオンの中ではマシという恐怖
「まぁこのチュリリ先生が地球人に頼ることなんてないけどね、ふん！　えー次は心音淡雪さん、先生に自己紹介をお願いできる？」
「先生あのよく分からんコラボのお誘い文面考える為《ため》だけにダガーちゃん頼ったってマ？」
「ぎゃあああああぁぁぁぁ――‼　なんでそのこと知ってるのよ⁉⁉」
「しかも五時間も悩んでたってマ？」
「あのクソガキバラしやがったな‼」
「先生がクソガキなんて言葉使ったらだめだどー」
「くっ……まぁ今はいいわ。自己紹介も淡雪さんのことだけはそこそこ知っているので結構です。実は貴方《あなた》にはシンパシーを感じているんですよ。先生にしては珍しく地球人に対して仲良くなれそうな気がしているんです」

「先生が授業中酒飲む生徒にシンパシー感じたらだめだろ」

「ムキイイイィィ――ああ言えばこう言う‼　もういいです！　理由は後ほど！」

ライブオン慣れしてない人の反応くっそ面白くて草。

「えー最後は祭屋光《ひかり》さん！　自己紹介お願いします」

「ライブオン三期生の祭屋光です！」

「淡雪さんとは同期ですよね」

「いや、えと、同期じゃないです……えへへ……」

「え？　だって今三期生って」

「同期じゃなくて……奴隷です」

「淡雪さん」

「違います」

「ライブオンって治外法権なんですか？」

「違うんです」

光ちゃん、お願いだから時々その熱っぽい視線を私に向けるのをやめてほしい。罪悪感で酔いすら覚めるから。そんな顔できるなんてあの件より前は知らなかったよ。

あと人を勝手にご主人様にするのもお願いだからやめてほしい。
「光ちゃん。君は私の同期で陽キャな女の子、オーケー？」
「シュワちゃんが悪いんだよ？　シュワちゃんが光に痛みの快感を教えるから……」
「淡雪さん。さっきの仲良くなれそうは撤回します。貴方とも金輪際関わりたくありません」
「あははははは、二本目あーけよ」
：奴隷wwwwww
：うっわ、淡雪サイテー
：淡雪を敵に回したらライブオンで生き残れないぞ！
：ライブオンの全員に強いコネあるからなこいつ
：これ以上シュワちゃんを悪役にしないであげて笑
　あぁ、なんか最近まともな自己紹介ができた覚えがないよ……。
「はい、それでは出欠もとれたところで早速授業の方を開始していきます。えーですがこれが皆さんにとっては最初の授業ということなので、最初に少しだけ時間を使い、先生が提唱する概念的愛が正しいことを分かってもらうために、皆さんの思う愛をあらゆる観点から徹底的に否定してマウントをとってやろうと思います。先生は匡《ただす》さんのような説得なんて甘いことに一切興味がないから、再起不能になるくらいに叩《たた》きのめしてストレスの吐け口にしちゃいますね」

：本性だだ漏れですよ

：教師ってマウントとっていい職業なんだな

：ダメに決まってるだろ

：レスバする気満々じゃんこいつ

：ミヤウチィなら次のコマで負けてる

「はっ、先生をあんな世間知らずのお嬢様と一緒にしないことね！　どうせここにいる皆さんも薄っぺらい愛しか知らない愚かな地球人だと思うし相手にもならないわ」

「母性はこの世で最も純粋な愛だよ！」

「主従関係こそ愛だって光は知ってるんだからな！」

「I LOVE STR」

「先生が言うのもおかしいけれど貴方たち愛の形拗《こじ》らせすぎじゃない？　時間無いから無理やり進めてるけど本心は貴方たちがどうしてそうなったのか気になって仕方ないからね？　さっき相手にもならないとか言ったけど先生は先生で貴方たちに恐怖してるんだからね？」

ライブオンは自由な社風なもんで。

「まぁいいわ、それでは……そうね、一番最初に食って掛かってきたシオンさんの思う愛から否定しましょうか。シオンさんは母性こそ真実なる愛と言いたいのですか？」

「その通り！　母の愛に勝るものなどないんだよ！」

「はっ、先生ね、今の一瞬だけでコメント欄に火炎放射器を撒《ま》くような発言を山ほど思いついたわよ」

「ど、どういうこと？」

「母親、ひいては家族の話題ってのはそれだけ人の世においてデリケートってことよ。母性が真実の愛？　はっ、ならなんで毎日のように虐待がニュースに上がるのよ？　純粋な愛ってのは生まれた環境によって享受できるか変わっていいものなの？　純粋なのは貴方の頭の方なんじゃないかしら？　少なくとも人の持つ母性が愛とは思えないわね」

「ムムム……」

「そんなものより虫などにみられる子を産むと死んでしまう生物に概念を見いだせる儚《はかな》き家族愛について話さない？」

「ムムム？」

マウントとったと思ったらそのまま上空通過していったぞこの人。

「……あと、さっきは皮肉っぽく言ったけれど、純粋なことは良《い》いことよ。子供は愛してあげなさいね」

「へ？　あ、うん勿論《もちろん》」

今度は優しく立ち上がらせたぞこの人。なにがしたいんだ……。

：え？　なぜフォロー入れた？

：溢《あふ》れ出《で》る根は善人感

：根はというか、元はこの人も純粋やったんやろなって

：悪人になろうとしてるけどなり切れてない感

：なんか悲しくなってきた……

家族関連は私も色々と辛《つら》い経験をしたから、ワンチャン先生の話に同意できる部分もあるかもとか思ったけど、なんかそんなテンションでもなくなっちゃったよ……。

「さて、シオンさんは先生に屈したということで、次は光さんでも相手してあげましょうか」

「くっ……光ちゃん！　後は任せたよ！」

「おうよ！」

「光さんは真実の愛は主従関係にあると言いたいのですよね？」

「そうだ！　己を犠牲にして誰かに尽くす、これは愛が無ければ成立しないことだよ！」

「はっ、分かってないわね！　かわいい動物の動画で動物の心情に勝手な想像で字幕を付ける投稿者並みに分かってないわ！」

「……え？　急にどうしたの？　というかそれになんの問題が？」

「こちとら人間が見たくないから癒《いや》しを求めて動物の動画見てるのに、字幕付けられたら人の影がちらついて一気に萎えるのよ。語尾にワンとかにゃんとか付いてると吐き気がするわ。特に明らかに動物がそう思ってなさそうなのに人の理想の押し付けみたいな字幕が付いていると怒りすら感じてあーもう本当に許せない。ブツブツブツブツ……」

「え？　え？」

話の脈略が無さすぎる……これもうただ愚痴りたかっただけだろ……。

：いつまで文句言うんだよwww
：動物字幕が嫌は普通に分かってしまう
：子供のころはなにも感じなかったのにな……これが大人になるってことなんかな……

：そういう人もいるんやなー
：分かるけど今は光ちゃんと話せ！

「……こほん、失礼しました。えーそれで？　主従関係でしたっけ？　光さんは仕える側よね、それじゃあご主人様は誰なの？」

「勿論シュワちゃんさ！」

「淡雪《あわゆき》さん？」

「知らないっす、うっすうっす」

「光さん？」

「ぁぁ……そっけないのも……いぃ……（ビクンビクン）」

「これ先生が言うまでもなく真実の愛じゃあなくない？」

「間違いないっす、うっすうっす」

これは光ちゃんの為にも先生に同意せざるを得ないね。あとビクンビクンすんな！　主従関係とか言って本当はマゾの快感を得たいだけなの分かってるんだからな！

「光さん。主従関係の愛に関しては立場の違いとか被虐心とか色々言いたいことはあるのだけど、双方の利害が一致していない時点で真実の愛というのは無理があるんじゃないかな」

あまりに正論すぎる。

「ちっちっち、シュワちゃんは光を気持ちよくするためにこんな態度をしてくれていることに気が付かないとは、先生もまだまだだね！」

「そうなんですか淡雪さん？」

「むしろ私の方がいじめられてる気分だど。助けてほしいど」

「シュワちゃん！　助けてほしいってことはそれだけストレスが溜《た》まってるってことだよね！　つまりこの前みたいにまた光のこと踏んでくれるってことだよね‼　お誘いしてくれてるってことなんだよね‼‼　光には分かるよ‼‼」

「踏んでくれる……？　この前みたいにまた……？　淡雪さん、この後残りなさい」

「こういうことだど。コスパが良くて都合もいいドMは無敵なんだよなぁ。グビグビグビ……」

：草
：光ちゃんも大人になったね（泣）

：これはスト○○も飲みたくなりますわ
：心なしかシュワちゃんの飲み姿に哀愁が……

：あれ？　もしかして先生ってツッコミ枠？

「はぁ、光さんも相手になりませんでしたね」

「くっ、シュワちゃん！　光の屍《しかばね》を踏み潰してゆけ！」

「避けていくどー」

うっし、やったるどー！

「コホン、最後は淡雪さんですね。デビュー配信の時にも言ったけれど、こうして顔を合わせることが出来たので改めて、先生を見つけてくださりありがとうございました！」

「感謝されると色々と私のせいになるので勘弁してどうぞ」

「さっきも少し話したけれど、淡雪さんにはこの宇宙人の目から見ても見どころがあると思っているの」

「眼球疑ってどうぞ」

「淡雪さん、貴方《あなた》はスト〇〇と結婚したとお聞きしました」

「耳疑ってどうぞ」

「じゃあもういいです！　ふん！」

「あぁごめんね！　拗《す》ねないで、私が悪かったから！」

「先生が知った頃の淡雪さんはもっとハチャメチャ感があったのにやっぱり人って人気を得ると変わるのね、そうよ昔は尖《とが》ったことやってくれて面白かったのに人気が出た途端生配信で適当に話題になっている動画に対しわざとらしい寒いリアクションを取ることばっかりして、信者から金をまき上げることしかやらなくなる配信者なんてザラにいるものね、やっぱり地球人は地位なんてもので簡単に人格ごと変わってしまうんだわあぁなんて愚かな生き物なのかしらブツブツブツ……」

「帰ってこーい！」

再び早口でなんか分かるような分からんような文句を矢継ぎ早に話し始めてしまった先生を慌てて止める。

よくもまぁこんなに文句が出てくるなぁ……。

：意外とかまってほしがりなところあるんだなチュリリ先生笑
：ふん！（かわいい）

：すごいこと言うな配信者いるけどもwww
：そういう配信者いるけども……

：これが失うものが無い者の覚悟か……

「……コホン、失礼しました。えー要はね、淡雪さんは先生の提唱する概念的愛に近い感性を既に持っているんじゃないかなって思っているの」

「よしよし立ち直ってえらい！　それでえっと、なんで？」

「先生の提唱する概念的愛は端的に言うなら『人以外×人以外』、そしてスト○○は当然人ではないでしょ？　でも淡雪さんはそれに愛を感じている、それはつまり『人（淡雪さん）×人以外』ってことよね。ややこしくなるから順番によるどっちが攻め受けかは一旦無しでね」

「あー……つまり先生の言う愛に片足浸《つ》かってるだろってことか」

「そう！　まだ道半ばとはいえ、ここまで真理に近づけた地球人は先生が今まで出会った中では淡雪さんだけよ！」

うーん……あれだな、褒められてるはずなのに素直に喜べない……。

「どうです淡雪さん？　ここらでもう一歩踏み出してみるというのは！」

「踏み出すと言うと？」

「要はカップリングから自分を外すわけです！『人（淡雪さん）×スト〇〇』ではなく、『人以外×スト〇〇』に愛を認知してみるのはどうかな！　そこまで到達できれば、後はスト〇〇部分もそれ以外のモノに変えるだけでいい！　概念的愛の理解はもうすぐそこよ！」

「え……いや別に私NTR系はあんまり性癖じゃないし……」

「あれ？　先生NTRの話とかした？」

「え？」

「あれ？」

「ねぇシオン先輩！　NTRってなんですか？」

「光《ひかり》ちゃんの好きそうなことだよ」
「まじか！　後で調べる！」
「やめておきなさい」
「なぜ⁉　あっ、焦《じ》らしってやつか！　好きなことをあえて禁止するとは、シオン先輩も中々やりますね！」
「この子さては世界一幸せな人生を謳歌《おうか》しているんじゃないかな……」
：先生とシュワちゃんってシナジーあるんやな
：先生がライブオンを知ったきっかけでもあるしな
：でも会話が噛《か》み合《あ》ってるようで合ってないwww
：光ちゃんの暴走が止まらない
：世界一幸せな人がドMはテーマ性すら感じるんよ
「まぁいいわ、そんなわけでね淡雪さん、まずはスト○○との愛から自分を外しましょう！」
「は？　スト○○ちゃんを幸せにするのは私だが⁉」
「い、いやあのね？　あー……あっ、そうだ！　スト○○に地球人は過ぎた相手だと思わない？」

「なに言ってやがる！　スト〇〇ちゃんはな、日本のスーパーアイドルなんだよ！　日本の人々を笑顔にしているんだよ！　人の為《ため》に活動を頑張っているんだから、それを過ぎた相手扱いなんてスト〇〇ちゃんに失礼だろ‼」

「す、スーパーアイドル……へ、へー、あ、その、ごめんなさい？」

「なースト〇〇ちゃん？　カンカン！　スト〇〇もそう思うんでスト〇〇！」

「語尾雑……あーそうじゃなくて！　淡雪さん結婚するとか言ってたでしょ？　アイドルなら結婚したらだめなんじゃ……」

「スト〇〇ちゃんは一人一人の心の支えなんだよ！　飲んだ人の数だけ生まれるスーパーアイドルなんだよ！　だからいいんだよ！」

「そ、そう！　ごめんね変なこと言っちゃって！　……いややっぱりよくない気がしてきたわ。淡雪さん、論破してみせるから今のもう一回言ってくれる？」

「忘れた」

「は？」

「ノリだけで喋《しゃべ》ってんだから自分がなに言ってんのかなんて覚えてるわけねーだろーが！　そんくらい分かれよ！　先生だろ！」

「はぁ⁉⁉　なにそれあまりに無責任だし、先生をなんだと思ってるのよ貴方⁉」

「もうこれ先生失格だろ、辞職はよ。スト○○に詫《わ》びて辞職はよ」
「これで失格なら全世界から教師がいなくなるわよ！」
「今思い出せることなんて一年前の今日に飲んだスト○○の味くらいだわ」
「淡雪さん、貴方おかしいわ……さっきの昔はもっとハチャメチャ感云々《うんぬん》は全て撤回よ……」
：大草原
：言ってることなんも理解できなくて草
：マジでスト○○の擬人化みたいだ
：スト○○に詫びて辞職とかこれが世界初だろ
：全部がバラバラで意味不明、でもこれぞシュワちゃんと大納得！
：国士無双みてぇな女だな
：先生のド直球すぎるドン引き宣言に笑った
スト○○ちゃん……君の名誉は守り抜いたよ……。
私とスト○○ちゃんの絆《きずな》は！　誰にも！　引き裂けない‼
「くっ、まさか押し負けるなんて……だけどそれもここまでよ！　余興はこれで終わり！
ここからが本当のチュリリ先生であり愛の授業！　そこでは先生の思想が全てであり唯一

の正解！　いわば完全に先生のフィールド！　今度こそ暴れ散らしてボコボコにしてやるんだから覚悟しなさい！」

……今更だけどなんで授業で教師が暴れる必要があるんだろうか？（能力発動後特有の賢者タイム）

「さて、今から皆さんにはお試しとして、実際に概念的愛に基づいて問題を一問解いてもらおうと思います。皆さんの実力を測るための力試しみたいなものね。なにか質問はありますか？」

「「はいはいはいはいはいはいはいはい！」」

「黙りなさい」

「「そんなことある？」」

「ボケたいオーラを隠せてないのよ。教師らしく言ってみたけど質問云々はやっぱり無しにします」

くっ、意外とこの女鋭い……。

「それでは問題。『通常の学校にあるモノで愛を見つけなさい』はいどうぞ」

ほーほー、つまりは前に先生がシャーペンと消しゴムでカップリングを見つけていたみたいに、学校に置いてあるモノを使ってカップリングを組めということだな？

「はい！」

「淡雪《あわゆき》さんどうぞ」

「4Pしようぜ！」

「……なに4つで？」

「そりゃ勿論《もちろん》先生と私とシオンママと光ちゃんで！」

「はい0点」

「ふっチュリリ先生、このシュワちゃんにとって0は100なんだぜ？」

「なに言っているのか分からないけれど、これは概念的愛に基づいたもの以外は一切答えとして認めません。つまり人が入っていたらダメということね」

「…………」

「フハハハハ！　やはりここは先生のフィールド！　あれだけキャンキャン喚《わめ》いていた淡雪さんもなにも言えない！　先生の完全勝利！　やっぱり地球人はその程度なんだわ！」

「……ふっ」

「？　なに笑ってるのよ」

「いやっ、やっぱり先生もまだ新人なんだなーって思ってね」

「なんですって⁉」

「はっきり言わせてもらおう、この問題文はなにを問うているのか分かりづらい。だから今のは一問目をあえて間違えて今のやり取りを見せることにより、リスナーさんにルールを分かりやすく説明してあげたのさ！」

「⁉　そ、そうだったの⁉　た、確かに言われてみれば分かりづらいかも……」

「あーっはっはっは！」

「そうよね、配信者ならリスナーさんを第一に考えてあげないとダメよね……」

「あーっはっはっはっはっはっは！」

「ごめんなさい淡雪さん、そしてありがとう。勉強になったわ」

「あーっはっはっはっはっはっはっはっはっは！

ふははは！　ふわーっはっはっは！

「今考えた」

「窓から投げ捨てるわよ貴方《あなた》‼」

：そんなこったろうと思ったよ
：笑い方で察したわ
：無意識にリスナーのこと考えた行動をとってるってことなんだよなぁ
：俺らのこと考えて４Ｐ提案するくらいなら考えんでくれ……

：先生やっぱりツッコミキャラじゃないか！
：素直に反省するのちょっと意外だった

「はい！」

「はぁはぁ、光さんどうぞ、連続でボケは勘弁してね？」

「マジックと机！」

「⁉⁉ そう！　そうよ！　なんだやればできるじゃん！　マジックは先生が前に言ったシャーペンから連想したのかも知れないけどそれでも悪くないわ！　一体どんな愛を見つけたの？　聞かせて聞かせて！」

「マジックが……机に……沢山酷《ひど》いこととかいやらしいことを書いて……」

「うん？」

「シュワちゃんがマジックで……光の机に悪戯《いたずら》を……はぁ！　はぁ！　はぁ！　はぁ！」

「そうじゃないのよねぇ……3点」

「ふっ、私の勝ちか」

「なに言ってるの淡雪さん、貴方は0点よ」

「4Pだから4点ってな！　くひひひ！」

「屋上から投げ捨てるわよ！　はぁ、光さん、もう少し頑張れない？」

「もう少し……っ、机じゃなくて光の体に直接⁉」

「ダメそうね……マジックと机なんて、圧倒的体格差あるのに机は不器用な性格で、でもそんな不器用ながらも必死に地面に落ちないように支えてくれる姿にマジックが惹《ひ》かれてコロコロ転がって甘えだすところくらいまでは見えてやっと20点よ？」

：草
：採点基準厳しすぎるだろ
：日に日に光《ひかり》ちゃんの性癖が開拓されていく……

「シオンさんは？　なんかない？」

「えー……え、えっとー……と、時計？」

「時計……それと？」

「えーっと、え――っと……う、上履き？」

「「時計と上履き⁉」」

「だ、だめだったかな⁉」

「シオンさん……貴方意外と逆張りなのね」

「順張りが分かんないよ‼　あーもう今の忘れて‼」

：シオンママがやっとツッコんだ！　なんか安心する！

…これで先生はボケようとしているわけじゃないという恐怖
…シオンママ思いついたの適当に言っただろ笑
…そこに愛はあるんか？
…もうなんの話だよこれ
「はぁ、分かったわ、じゃあここで先生が一つお手本を見せてあげる。地球人でも分かりやすいのがいいわよね。じゃあお題は……『体育館と保健室』ね」

＋＋＋

保健室「私貴方のこと嫌い」
体育館「なんだよ急に」
保健室「今日も生徒が体育館で怪我《けが》して来た。貴方のせい」
体育館「ああそうかい。俺はお前のこと気に入ってるけどな」
保健室「は？　なんで？」
体育館「お前がいると生徒が安心して運動できるんでな」
保健室「………」

体育館「………………」

保健室「わ、私も貴方のそういうとこは嫌いじゃない」

体育館「あ？　なんて？　お前たまに声小さくてなに言ってんのか分かんねぇよ。腹から声出せ声」

保健室「……はぁ、体育会系のノリまじうざい」

体育館「ノリ悪いよりはいいだろ。あっ、あとお前は色白で清潔感があって、薬品の匂いがいい」

保健室「はぁ⁉　急になに言って……もう最低‼　こっち見んな！」

体育館「あははははは！」

＋＋＋

「みたいなね！　甘酸っぱ！　これぞ青春！　胸がキュンキュンしちゃう‼」

「光ね、もう意味分かんない！」

「仕方ないわね、貴方たち用に言い換えるならこれは君〇届けよ！」

「この両者の間に届くのは怪我人だけだよ！」

「じゃあニセ○イ！」

「確かに偽《にせ》だ、よく分かってんじゃん」

「はい淡雪さん退学」

「「!?」」

：新人が先輩をクビにする歴史的瞬間である
：入るきっかけになった先輩やぞwww
：今更だけどなんで喋《しゃべ》ってんの？

「はぁ、分かりました。この程度の問題を解くのすら皆さんにはまだ早すぎるみたいね、やり方を変えましょう」

授業は続いていく……。

「あれね、先生分かったわ。やはり皆さんには人以外に対して性的欲求を感じる能力が無いのね。いきなり問題なんて解けるわけないわよね。ごめんね、先生皆さんの愚かさを甘く見てた……」

「お前いつかスト○○海に沈めてやるからな」

「そこで、今から先生がおススメする性的興奮を呼び起こす映像を見てもらおうと思います！」

「エッチな授業始まる？」

「始まります」

「札束に沈めてやるからな」

「シュワちゃん落ち着いて！　せめて自分以外が数秒前に話した内容くらいは覚えてて！　脳内情報が性的興奮を呼び起こす映像だけになっちゃってるよ！　先生のことだからどうせろくな映像じゃないって！」

「どんな映像かな？　男女比1対1000000000の世界とかの映像かな？」

「極端すぎない⁉」

「いや男はいらんな。私対1000000000の世界でいいや」

「シュワちゃんは世界でも敵に回したの……？」

「ねぇシュワちゃん！　性的興奮ってなに？」

「教えてあげよっか？」

「うん！」

「よーし光ちゃんの為《ため》にパパ頑張っちゃうぞー！」

「だめだこの赤ちゃん、もう完全に性欲に支配されてる……」

「それ多分赤ちゃんじゃないわよ……」

先生がツッコミを入れながらも画面を操作し、動画再生の準備が完了した。

そして動画が再生される。

「これは先生のデスクトップPCね」

画面に表示されているのは先生の物らしいが何の変哲もないデスクトップPC。

そこに手袋を着けた手が伸びてきて、光学ドライブの近くにあるボタンを押す。

ウィーン――

光学ドライブが出てくる。それに正体不明のディスクをセットする。

ウィーン――

再び同じボタンを押すと、光学ドライブがPCに収まっていく。

このディスクに秘密があるのかなと思ったが、その手はなぜかPCがディスクの読み込みを開始する前に再び光学ドライブのボタンを押した。

ウィーン。

出てくる。ボタンを押す。

ウィーン。

収まる。それを何度も繰り返す。

ウィーン（出して）。

ウィーン（入れて）。

ウィーン（出して）。

ウィーン（入れて）。

ウィーン（出して）。

ウィーン（入れて）。

これを数分も繰り返し、そしてやっと出すのをやめてディスクを読み込ませたかと思うと、カメラがモニターに向けられ、そこに表示されたのは音楽再生の画面。どうやらあのディスクは曲が入ったCDのようだ。

でも入っている曲は一曲だけのようだった。その曲名は『誕生』。

そしてその曲が再生されることもなく動画は終わった。

??

「どう？　エッチ過ぎると思わない？」

「「え？」」

??

「どうしたの？」

「ええっと、今の映像なに？」

「なにって光さん、ＰＣと光学ドライブが交尾して光学ドライブがＣＤを中出しし、それをＰＣが受精して子を孕《はら》んでいるエロ動画に決まってるじゃない」

⁇⁇⁇⁇

「やっぱりこの動画やばいわよねー。先生これもし今配信じゃ無かったら今頃ビショビショだから」

⁇⁇⁇⁇⁇

「ちなみにこのプレイやりすぎて先生のＰＣ最近光学ドライブがぶっ壊れたみたいで普通に困ってるの。ガバマンドライブになっちゃったのね。でもまぁそれはそれで興奮するんだけどねー」

「あの……黙って本当にどうしちゃったの？」

「参りました」

「はい？」

気がつけば私はこれ以上ないくらいはっきりと敗北を認めていた。

「先生、光今から土下座するね」

「は？　あれ？」

「待っててね先生！　シオンママもいつか先生を完璧に受け止めてあげられる人になるからね！」

「ええ……そもそもこれは勝負の為じゃなくて教育用の映像だったんだけど……なんか勝ったみたいだけど思ったほど嬉《うれ》しくない……」

：ツッコミ枠とか言ってすんませんした

：なんでか闇の悪魔登場演出が頭に流れたわ

：チュリリ先生に勝つ方法、出して

：わ、わかんないっピ

：うん、勝てる気がしない

「あ、もう終わりの時間……はっ、ここまでやってもこの体《てい》たらくとは、やっぱりライブオンもこの程度なのね。淡雪《あわゆき》さんも全然理解できないみたいだし、少しでも期待した自分が恥ずかしいわ」

「そうだね、理解はできない、もうそこまでいくとスト〇〇フェチなんてかわいいもんよ――でも私は認めるよ」

「……認める？」

「もうめっちゃぶっ飛んでて個性的じゃん！　それに実際に喋って私も確信した、先生は悪人じゃない。だからさ、認めるってのはーえーっと、そう！　ライブオンへようこそってことだどー！」

「…………」

「シュワちゃんの言う通りかもね。色々ツッコミ入れるけど、やっぱりライブオンはこうでないとってシオンママも思うよ！」

「人は互いに違うからこそ成長できるのさ！　光《ひかり》も歓迎するよ！」

：うんうん！

：おもろい人なんてなんぼおってもいいですからね！

：意外とかわいいところあるのもグッド

：ようこそ！

：五期生も揃《そろ》ったし新生ライブオン開幕や

「…………」

チュリリ先生は少しの間黙っていたけれど。

「はぁ、やっぱりあなたたちおかしいわ。本当に——あははははは！」

そう言って、最後にはいつもの吐き捨てるような笑いでも、皮肉じみた笑いでもなく、ただただ純粋に笑ってくれた。

閑話　チュリリの私生活

ライブオン五期生の最終兵器として、この混沌《こんとん》渦巻くライブオンの中でも屈指の深淵《しんえん》を供覧させ、V界を震撼《しんかん》させたチュリリ。

そのあまりの闇の深さは訓練されたライブオンのリスナーにとっても衝撃的なもので、期待と同程度に不安視もされてしまっている程であった。

だが、日々を重ねるにつれてその不安視も段々と見直されてきていた。その要因の一つに、匡《ただす》やダガーの配信で明かされるチュリリの私生活の姿がある。

少しその日常を覗《のぞ》いてみよう。

例えばこれはマンションが隣同士であるダガーとの食事風景。ちなみにこの2人はライバーデビューが決まった後、チュリリの住んでいたマンションが配信に適した環境だったのと、その不健康な生活っぷりをダガーが心配した為、隣室に引っ越した経緯があった。いずれは匡も交えてもっといいマンションへの引っ越しも考えているらしい。

「いただきます。（もぐもぐ……）うん、今日もすごく美味《おい》しいわ」

「……」

「……なんでそんなに見てくるの？　貴方《あなた》も食べなさいよ。あっ、何か先生に変な点でもある？」

「先生は全部変だな」

「ちゃぶ台ひっくり返してやろうかしら……テーブルだけど」

「いやな、前々から少し気になってたんだけど、先生って案外ちゃんと美味しいとか言うんだなーって」

「なんでそれが案外なのよ」

「だってさ、先生めっちゃ味とかに文句言いながら飯食ってそうじゃん」

「それはあんまりな偏見じゃないかしら……？」

「先生の言動が偏見まみれなのがわりーよ」

「うるさいわね………別に、いつも美味しい美味しい言いながら食べてるわけじゃないわ。そんな平和ちゃんじゃない。1人の時はほぼ無言よ」

「じゃあなんで俺とか匡ちゃんとかと食べる時は言うんだ？　家で食う時とかこっちが恥ずかしくなるくらい言うことあるじゃん」

「別になんでもいいでしょ。あーいや、これは言った方がいいことかしら……」

「いいから教えろよー」

「はぁ……貴方達が作った料理だから」

「あー？」

「だから！　貴方達が先生の為《ため》に作ってくれた料理に美味しいって言わないのは失礼でしょ！　今日も貴方が作ってくれたから！　それくらい分かりなさいよ！　全く、なんでいつもガキは察しが悪いんだかっ！」

「――――先生」

「な、何よ？」

「それを配信で言えばもっと人気が出ると思うぜ」

「余計なお世話よ‼」

「あと、俺らが作ったものでもまずかったら正直に言ってくれていいからな」

「……誰かの為に作られた手料理にまずいものなんてないわ。日頃コンビニ弁当とかカップ麺ばっかりだった先生にとっては特にね」

「あーなるほど！　だから初めて俺らが作った料理食べた時、先生しばらく俯《うつむ》いてフリーズしてたのか！　あれ感激してたわけだな！」

「あ――――もううっさいわね！　早く食べるわよ！」

「今度の寿司の出前取る予定、俺らが握ろうか？」

「そんなきもいくらいの依存してないわ！　……料理出来ないなりにめでたい日くらいお返ししたいんだから、喜びなさいよ」

「ああ、だからやけに奢るのにこだわってたのか！　最年長だからメンツを保ちたいのかと思って受け入れちゃったぜ！」

「だからいちいち言葉にするな‼」

　どれだけ腐っても真面目を捨てきれない、それがチュリリが人生で苦労してきた弱点であり、また知る人ぞ知る魅力でもあった。

　尚《なお》、「先生が自分の配信で言わないのなら俺の配信で言えばいいや」とダガーは判断し、即刻この話は世に解き放たれたのだった。

　チュリリは当然文句を言ったが、これまた当然チュリリの評判を上げる結果にもなったので、以降も容赦なく匡とダガーは普段の私生活の日常を様々な場所でバラし続けている。

エピローグ　加入完了

先生との初コラボの翌日――

「宮内《みやうち》匡！」
「ダガー！」
「チュリリ！」
「「3人揃ってライブオン五期生‼」」

配信外でオフ状態の私が見守るスマホ画面の中には、とうとうライブオン五期生が勢揃《せいぞろ》いしていた。

ああいや、正確に言えばチュリリ先生のデビュー配信の最後にも揃っていたか。でもあの時は先生がサプライズというかドッキリをくらっていた感じだったので、全員の意思の下のコラボ配信はこれが初ということだ。

「ちょっと匡さん！　なんで最後一緒に言わないのよ！　言うって約束だったでしょ！」

「ぇ……だって宮内は五期生である前にアンチライブオンであるし……」

「途中まで協力してくれただけでも感謝しようぜ。むしろ俺は数分粘っただけでこの挨拶に全面協力してくれた先生にビックリしたよ」

「はぁ⁉　貴方がやるって言ったんでしょうが！」

「いや先生嫌がるかなーとか思ってたからさ。でも最終的には協力してくれるあたりやっぱ身内には激甘だよな」

「激甘であるなー」

「身内でも激甘でもないわよ！　あーもう急に恥ずかしくなってきた！　やっぱり馴れ合いなんてするもんじゃないわね、ふんっ！」

一体この3人が集まるとどんな化学反応が起きるのかなーと気になり私も見学しているのだが――

「なぁなぁそんな拗《す》ねんなよー。そもそも本当は真っ先に3人でコラボする予定だったのに、先生恥ずかしがるから今日まで遅れちゃったんだぜ？」

「貴方たちが私のデビュー配信で変なことするから恥ずかしくなったんでしょうが！」

「その日の夜はお祝いされて喜んでたくせに」

「あああ‼　匡さんいらないこと言わない‼」

化学反応どころか……完全に仲良し3人組って感じだな。

：デビューおめでとー！

：日常系アニメかな？

：年下2人に振り回される先生モノとか最高かよ
：先生は身内には激甘、メモメモ
：非日常キャラ達の日常は日常となりえるのか（数年前のラノベタイトル風）

「えーてなわけで！　今日は先生宅で出前で取った寿司《すし》を食べながら適当に駄弁《だべ》っていこうと思うぜー」

「先生、これ醤油《しょうゆ》である」

「あっ、ありがとう」

「先生、ガリ食べるか？」

「え、ええ、貰《もら》うわね」

「小皿に取るから少し待っててな」

「あ、あのね2人共？　先生そのくらい自分でできるかなーって……」

「なに言ってんだお前、いつもはなんでも俺らにやってってお願いしてくるだろ」

「今更先生ぶるのはやめるのである」

「あああああ――もう‼　だからなんでいらないことばっかり言うの！　少しはお口チャックしなさい！」

「なぁ先生」

「な、なにダガーさん？」

「ん――――――……ばaaぁぁあああああ」

「あーもう！　この子はもう！　ああああああ‼」

「説明すると、今ダガーちゃんが口をんーってぎゅっと閉じた後、片方の端からチャックが開くみたいにゆっくり開けてばーってやったのである」

は？　なんだそれ？　私の目の前でやれよ！　現地に突撃するぞ！

：先生が世話焼かれてる側、解釈一致だ
：なんだこれ……いい……なんか分かんないけどいぃ……これがてぇてぇか……

：ダガーちゃんの顔でそんなことされたら心臓止まるわ
：同期の前では当たり前のようにフード外してるのいい
：あれ？　先生人嫌いなのにダガーちゃんのかわいさに悶絶《もんぜつ》してんの？

「はっ⁉　な、なに言ってるのよ、こんなガキ別にかわいくなんて……」

「そうだそうだ、俺はかっこいいからそんなことありえんって」

「ダガーさん……まぁそういうことでいっか」

「先生、あーんである」

「ん？　あぐっ、うん。おいしいわね」

「先生、俺もあーん」

「……あぐっ」

「ほら先生、お茶である、あーん」

「あーん」

「あーん」

「あーん」

「あーん」

「……貴方たちふざけてるでしょ」

「「バレた」」

「もう……」

：なんか草
：空気がゆるいなー
：あんあん言い過ぎて喘《あえ》ぎ声みたいになってるんよ

：先生普通にあーん受け入れるんすね
：妄想が捗《はかど》る
……少し驚いた。どうやらこの3人の仲の良さは私の想像以上だったようだ。
どうしてそう思ったのかというと、あまりに自然なのだ。
やり取り全てにいい意味で力が入っていない。全員がそれを当然として受け入れているのである。
匡《ただす》ちゃんとダガーちゃんはアンチや厨二《ちゅうに》を忘れているんじゃないかと思うくらいリラックスしており、そんな2人にツッコミを入れる先生もどこか楽しそうというか嬉《うれ》しそうというか……。
まぁ一言で纏《まと》めると、先生宅の壁になって永遠に眺めていたいということである。
：本当に仲良しなんだなー
：もし仲悪くても不思議じゃない組み合わせだと思う
：皆個性的ですからね……
：アンチ、記憶喪失（仮）、宇宙人だからな
：これもう実質メタヴァースだろ
：ネタヴァースの間違いだろ

コメント欄でも私同様に驚いたり意外に思う声がチラチラ見られる。

「別に仲良くなんてない。大手企業のVとしてデビューを控える身っていうのは情報規制とかあって孤独なの。あれね、無人島に3人きりで漂流したとしたら嫌でも協力しあうでしょ。それと同じようなものよ」

「そんなこと言うなよゾ○リ先生」

「先生違いよ！」

「そうであるぞジョリジョリ先生」

「誰がジョリジョリよ！　いくら私でもムダ毛くらい剃《そ》ってるわ！」

「どうした先生？　配信だから緊張してるのか？　いつもみたいに『CHURYYYYY!!!!』ってツッコミでもいいんだぞ？」

「そんな幼児化したDI○みたいな奇声出したこともないわ！」

「匡ちゃん、DI○様がこの世に生まれた瞬間のコントしたいするぞ」

「意味不明だが分かったのである」

「産んでくれ」

「ううう……ひっひっふー……もうずごじ……生まれた！」

「CHURYYYYY!!!!」

「おお！　元気な子であるな！」
「俺は人間を始めるぞ！　ママアアアアアァァァ‼」
「元気すぎるのである」
「ね、仲良くないでしょ？　出会った当初はまだ礼儀があったのに今はこの有り様よ。むしろ仲悪くなってる感まであるわ」
「こんなこと言ってるけど本当は先生の方が俺達にべったりなんだぜ」
「チャット五時間返さなかっただけで『あの、もしかしてなにか気に障《さわ》ること言っちゃった？』って聞いてくるような有り様である」
「いやあああああもうやだ！　配信終わるううううう‼‼」
画面から先生を止めようとしていると思われるバタバタとした音が聞こえてくる。とてもほっこりする。見る温泉だこれは。
：チュリリ先生かわいい
：配信外のかわいいエピが強すぎる、普段とのギャップよ
：素を知る同期がいて初めて完成するキャラだったのか
：もっとトムホ並みにバラしまくってどうぞ
：チュリリ家の日常タイトルで24時間中継しろ

やがて落ち着いたのか息を切らした3人がマイク前に帰ってくる。
「はぁ、はぁ、ほんまこのクソガキ共。あとなにがチュリリ家よ、そもそもなんでいつも先生の家が溜《た》まり場《ば》になってるの！　今日のコラボだって通話で繋《つな》げばよかったじゃない！」
「だって先生俺らがいないと不健康な生活しかしないし」
「文句言うならちゃんと生活できるようになってから言ってほしいのである」
「お節介なガキ共ね……」
：配信外見たくなる
：先生の無意識に距離感破壊されてる感じたまらん
：五期生は一体感がかなり強いんだな
：他の期生も仲良いけど家族感なら一番かも
：こういうのもいいなぁ
〈昼寝《ひるね》ネコマ〉：ライブオンアンチの匡ちゃん的にはその2人はセーフなのか？
「おおお!?　やべぇ！　今ネコマ先輩いたって！」
「え、本当？　……あ、このコメントね」
どうやらこの3人の組み合わせが気になるのは私だけではなかったようで、ネコマ先輩も見ていたようだ。恐らくコメントしていないだけで他のライバーも何人か見ているんじゃないかな。

それでネコマ先輩が書いたコメントだけど……なるほど、確かにダガーちゃんもチュリリ先生も、匡ちゃんにとって同期ではあるがそれ以前にライブオン、つまりはアンチとして戦う立場でもあるけど、この2人はいいのって言いたいわけか？

言われてみれば私も気になってくるな、今のところは争う気配は見えないけど……。

「んー……この2人は大丈夫であるかな。あっ、別に身内贔屓《びいき》ってことではないからな」

「なんでだ？　そういや理由聞いたことなかったな」

「なんで……うーん……ダガーちゃんは下ネタそんなに言わないし、言っても小学生レベルだから注意はしても争う気にはならない。ライブオンだからがアンチ対象ではなく宮内《みやうち》の思想と違うライバーがアンチ対象なのだ」

「いぇーい仲良しー！」

「そして先生は……なんかよく分からないからもうセーフでいいのである」

「急に雑じゃないかしら⁉」

「だって先生が性癖語り出すと大抵意味不明であるし……理解できないから争う気にもならないのである」

「いいじゃんか、平和なのはいいことだぜ？」
「……なんか釈然としないわ……」
〈昼寝ネコマ〉：なるほどにゃー
：奇跡的なバランスで成り立ってるのね……
：これもライブオンのシナリオ通りか
：なんかこう勢いでバーッと！（シナリオ全文）
：エヴ○をなんかかっこいいからって理由だけで作りそう
どうやらなるべくしてなった関係ではあるみたいだな……。
「会話もいいけど、俺ちょっと寿司《すし》食おうかな。色々あって迷うけど……お、いなりある
じゃん、一個貰《もら》うな」
「い、いなり……」
「ん？　どした匡ちゃん？　あっ、ちょっと子供っぽかったかな？　でも好きなんだよな
ーいなり」
「い、いや、大人っぽいと思う……」
「え？　まじ？　なぜ？　んぐっ」
「あぁ……すごいエッチなのである……」

「んんッ⁉　ごほっ！　ごほっ！　うぎ⁉　鼻に米がああああぁぁぁ⁉」

「ちょっと大丈夫⁉　ティッシュ使う？」

しばらくの間ミュートが入った、ダガーちゃんが鼻でもかんでいるのだろう。賑《にぎ》やかな一家だなー……。

「す、すまん戻った。全くもう匡ちゃん！　いきなり変なこと言うなよ、ビックリしてむせただろ！」

「い、いや、ダガーちゃんがいなり食べるシーンとかどう考えても放送コードスレスレであるし……」

「思春期拗《こじ》らせすぎだろ百年後のヨーチューブか！」

「宮内的にはそのヨーチューブの方針は嫌いじゃないな、ふふふ」

「配信者として困りそうだから俺は勘弁してほしいな……」

「でも分かるわ匡さん。いなりってエッチよね」

「え、先生まで？　まじで言ってる？　なぜ？」

「裸のシャリがね、お揚げに包まれてるのよ？　色々妄想できるけど、例えば包まれるまでの過程を情事とするなら事後よねあれ、抱かれて眠ってるの。いなり寿司《ずし》は事後って覚えて帰りなさい」

「……匡ちゃんもそんなこと考えてたのか？」

「こんなアホと一緒にしないでほしいのである」

「先生に対してアホって言うな！」

「そっちもクソガキって言ってくるであろうが」

「先生はいいんですー目上だからいいんですー」

「もし俺らと逆の立場だったら？」

「はっ！　全力被害者面でネットに晒《さら》して先生の社会的死を誘発させるに決まってるじゃない！　時代錯誤のバカには現代の先生を生かしているのは生徒だってことを思い知らせてやるわ！」

「よしやってやろうぜ匡ちゃん！」

「うむ！　ぅぅぅ……今日学校の先生に罵倒されてメンタル崩壊しちゃったのである……」

「無駄よ。教員免許を持っていないこのチュリリにそれは効かないわ」

「その発言の方が先生としては大ダメージじゃねーか！」

「罵倒教師よりよっぽど酷《ひど》いのである……即刻クビであるぞ」

「愛の授業を教えるのにそんなもの必要ないのよ。そして教員免許を持っていないヤブ教師である以上どんな世間のルールにも先生は縛られない、私がルールなの。覚えておきなさい、弱い人ほど資格や学歴に縋《すが》るのよ」
「先生が強い人なら宮内は弱い人でいいのである」
「こんなこと言い出す大人にはなりたくないしな」
「怒った、マグロ食べちゃうから」
「むしろ今までなんで食べてなかったんだよ」
「いい部位こっちに譲るのやめろって前も言ったのである」
「うるさいわね……脂っぽいものがきつくなってきただけよ……」
：無免許は草
：いなり一個でこんなに盛り上がれるってすごい関係だ
：なんか聞いてていいのか不安にすらなってきた
：その米ください
：どの米か絶対に言うなよ
「話戻るけどさ、２人とも食事の時くらい食欲に集中しようぜ」
「いなりがエロいのが悪いわ」
「そうである」

「責任転嫁《てんか》しない！　三大欲求で括《くく》るならさっきの寝ながら食ってるのと似たようなものだぜ？　常識と言われつつなにかと忘れがちだけど、食すってのは目の前にその食べ物が並ぶまでの過程に感謝すべき行為だ。それは大切なことだろ？」

「ふんっ、分かってないのは貴方《あなた》の方ね！　性欲と睡眠欲は全くの別物よ。先生は食材に対し味わうと同時に欲情している、それは見方を変えればこれ以上無いほど食に直向《ひたむ》きということだわ」

「それは議論が必要な言い分であると宮内でも思うぞ……」

「はいはい分かった。食に直向きならそれもありなのかもしれないけど、その中にちゃんと感謝を忘れずにな」

「はーい」

「それくらい分かっているわ」

「確かに先生はうまいうまい言って料理食べてくれるから野暮だったか」

「あのエピソードをリークしたこと先生未《いま》だに恨んでるわよ！」

ダガーちゃんすごくいいこと言ってる、そのはずなのになんで記憶喪失に常識を教えられてんだってツッコみたくて仕方ない……しかも片やヤブとはいえ先生だぞ……。

どうしてこんなに記憶喪失が似合わないんだダガーちゃん……。

「えっと、更に話は戻ってというか、元々はなんの話してたんだっけか？」

「宮内は２人のことどう思っているかという話だった気がするぞ」

「あーそれだ。俺はあれだぞ、匡《ただす》ちゃんのことノリの合う友達だと思ってるぞ」

「……そう言われると嬉《うれ》しいものだな、やはり持つべきものは友であるな」

「ムッツリなのが玉に瑕《きず》だけど」

「ムッツリじゃないが⁉」

「それで先生は……」

「……なによ？」

「手のかかる大人？」

「最悪の存在じゃない！　もう知らない！」

「いや違う！　悪い意味じゃなくて！　手のかかる方がかわいいって言うし！」

「それは子供だから許されるのよ！」

「あと、やっぱり先生は真面目だよ」

「……真面目なんて今の世の中欠点よ、おかしくならないとやってられないわ。これから暴れまくってやるんだから」

「そうか？　俺は真面目な人好きだけどな」

「………あっそ」

「先生顔真っ赤である、照れてるな」

「お目目チャック!!!!」

「その表現はちょっと怖いのである……」

先生の燃えキャラ（炎上的な意味で）から萌《も》えキャラへの変化が止まらない……きっと第一印象では分からない良さが沢山ある人なんだな……その良さを深く知ってる同期がいるっていうのはやっぱり箱ならではの長所で、ぜひともこれからバラしまくってほしいところである。

「さて、最後は先生であるな」

「え、なにが？」

「俺たちのことどう思っているのかだよ、先生だけ言ってないだろ」

「えー……」

匡ちゃんとダガーちゃんからの要求に見るからに嫌そうな反応をするチュリリ先生。

「言わないとダメ？」

「ダメ」

「えー……先生からこんなこと言うのは自分でも不服だけど、もうそこそこ付き合い長いじゃない？　今更いいでしょこんなこと」

「俺達にとってはそうでもリスナーさんにとってはこれが初めて見るコラボなんだから、関係性を伝える為《ため》にも必要なことだって」

「それに宮内《みやうち》やダガーちゃんからの印象に先生が驚いたように、言葉にして初めて伝わることだってあるぞ」

「……はぁ、分かったわよ。貴方達の印象ねー……」

先生は結構な間唸《うな》ってから、やっと口を開いた。

「匡さんは……エロガキ？」

「殴られたいか？」

「コワ!?　だって事実そうじゃない！」

「まぁ俺もそう思う、似たようなことさっき言ったし」

「納得がいかぬ……他にはないのか？」

「ナルシストバカ」

「先生、宮内は成績優秀だし、尊大に見えるのは偉大なる宮内家の一員なのだからそれが普通のことであるぞ」

「良《い》いこと教えてあげるわ、上級国民って可燃物なのよ」

「匡ちゃんに変なこと教えんな！」
〈宇月聖《うつきせい》〉：え、今チュリリ君聖様のこと呼んだ？
〈昼寝《ひるね》ネコマ〉：人違いだしナルシストバカで呼ばれたと思ったらダメだろ
〈宇月聖〉：釣られクマー
：むしろ釣られてるのはお前の配信に集まるリスナーだよ
：外見フィッシング詐欺師がこの野郎
〈宇月聖〉：不思議、リスナー君と一緒にいるとポカポカされる
：ポカポカ（打撃音）
：そんなかわいい擬音かこのやりとり？
：ポカポカじゃなくてボコボコにしてます
：不思議でもなんでもねぇよ
〈宇月聖〉：私もリスナー君にボコボコになってほしい
：逆ギレすんな
「……あと、若いと思うわ」
「またバカにしたか？」
「してないわよ。今はそう思うかもしれないけれど、年を取ると若さがどれだけ素晴らし

いものか分かるわ。外見的にも内面的にもね。学生時代は短いものだけどそこには人生の半分以上が詰まってるの」

「うーむ……まぁ褒められたならよしとしてやろうではないか」

「生意気なのはいかがなものかと思うわよ」

……今のは純粋に褒めたんだろうな、心なしか声が真剣だった。

それにしても、学生時代には人生の半分以上が詰まっているか……含蓄があるように聞こえると同時に、なんだか寂しいことを言っている気もするな……。

願はくは先生のこれからのライバー生活が学生時代と同等、いやそれ以上の価値を感じられるものになってほしい、そう思った。

「なぁ、俺は俺は？」

「ダガーさんは……社交的で割とまともかしら？」

「お、割と感触いいじゃん！」

「ただ天然ね」

「そうであるな、記憶喪失キャラってことこっちが忘れそうになる時あるのである」

「あー？　…………ぁ、ああ！　いやいや、俺は天然じゃねーし！」

「なに、今の間は？」

「ダガーちゃん……まさか自分でもキャラ忘れてたんじゃ……」
「わ、忘れてねーし‼　めっちゃ頭の中空っぽだし‼　あとキャラじゃなくてガチだし‼」
：ダガーちゃんもう大体の先輩と仲良くなっててすごいと思う
：かわいがられ属性みたいなのあるんやろな
：後輩力がすごい
：ダガーちゃんのあー？ってやつーQ３感あってすこ
ダガーちゃん……リラックスはいいことだけど緩みすぎにも注意だよ……。
「まぁここまでは知ってるリスナーさんも多いわよね。他にはー……あっ、貴方も匡さんに負けず劣らず変なところあったわ」
「うそー？」
「言葉にしづらいけれど……制御不能なところあるのよ貴方」
「宮内もそれ分かるぞ、ダガーちゃんは道端で綺麗《きれい》な蝶々《ちょうちょう》見つけたら追いかけて行ってしまいそうなところあるからな」
「俺は小学生か‼」
「でもまぁ、貴方はそれでいいのかもしれないわね。根がピュアだから周りも微笑《ほほえ》ましく見守ってくれるわ」
「ほんとかー？」
「なにもしない人間より頑張っている人間の方がはたから見てて輝いて見えるものである」
「ふっ、俺は最近光より闇に魅入られてるぜ？」
「「はいはい」」
「もー！」
：制御不能なんだ？　お利口な子かと思ってた
〈山谷還《やまたにかえる》〉：本当にお利口な子ならここにいますよ、チャンネル登録よろしくお願いします
：おやおや、君も記憶喪失かい？
〈山谷還〉：は？　就職しない為ならオホ声でも老婆の真似《まね》でもしますが？
：ごめん
〈山谷還〉：その謝罪は最早《もはや》攻撃なんですよ
切り忘れたお前が言うな（時間差セルフツッコミ）。
もうね、一旦冷静になるとおまいう案件になることが多すぎるのよ私、実質切り忘れが

未《いま》だに続いてるみたいなところあるからねこれ。あの事件を完全に断ち切ることなんて不可能なのよ。

どうも、ネタの切れ味抜群なのに配信は切れない、心音淡雪《こころねあわゆき》です。

なに言ってんだお前。

それからというもの、別段大きなイベントは起きないが、コメント欄に現れた先輩についてなどを話題に、小気味のいい会話のリズムが展開される配信が続いた。

騒々しいようで落ち着く――ずっと聴いていたくなる――

あくまでそれは仲良し3人組の日常のワンシーン。だがそれこそが至極のワンシーン。飾らない自然の美しさ。本人たちは自覚がないだろうけど、間違いなくその空間は聖域であった。

やがてお寿司《すし》も食べ終わり、揃《そろ》って温かいお茶を飲みながら一息ついている。そろそろ配信も締めのようだ。

「なぁなぁ、配信の最後になんかエモいこと言おうぜ」

「おお、それはいいな。宮内も最後くらいビシッと締めたいものである」

「ぇ～、いやよ、どうせ後から恥ずかしくなるもの。やるんなら若い2人でどうぞ」

「先生ノリわりーぞー！　これから始まる俺たちの黄金旅程の始まりを、今こそ宣言する

「はっ！　お幸せなものね！　先生はね、貴方《あなた》達みたいな世の中の厳しさを知らない能天気なガキが世界で一番嫌いなのよ！」

「信じられるか？　これ先生キャラのセリフであるぞ？」

「誰がヨーチューブの広告で流れそうな学園復讐《ふくしゅう》モノ漫画の、連載開始から三話でやられてそうな悪役先生キャラですって？」

「そういう漫画見たことありそうなのにタイトルはさっぱり浮かばねぇ絶妙なラインすげえな」

：もう終わりかー

：声が少し眠そうで草

：いっぱい食べられてえらい

：そんなこと言ってねぇよwww

：きっと悪事（無免許）がバラされて学校から追放されるんやろなぁ

「なにも臭いこと言おうってわけじゃないんだよ。あれだ、抱負みたいなもんでいいからさ。先生もやろうぜ？」

「まぁそれくらいなら……」

「抱負であるか――ライブオン浄化とかどうだ？」

「それは匡《ただす》ちゃん個人の目標だろ……あれだ、開闢《かいびゃく》の使者になるとかどうだ？」

「勘弁願うわ、そもそもそれ抱負なの？」

「ダガーちゃん、開闢って創世みたいな意味であるぞ……五期生は現状ライブオンで最も遠い存在……」

「し、知ってたし……ごめん、本当は知らなかった」

「もう面倒くさいから世界征服とかでいいんじゃないかしら？」

「それ俺賛成！　流石《さすが》宇宙人はスケールがでかいな！」

「どうせ無理でしょうけど」

「志は小さいな……」

「宮内は却下であるぞ。世をクリーンにしたい宮内の方針と正反対に思える」

「皮肉的視点から見れば征服も浄化も同じじょ」

「実は先生はヨーチューブのショート動画に未だに適応できていないことバラすぞ」

「只今《ただいま》バラされたわよ‼」

：意味を理解せずにかっこいい言葉を使うと大抵失敗するから……

：カオス一族なのは認めるで

：臭いじゃなくて草いだった
：ショートとか導入されてから結構経《た》つだろwww
：年を取ると新しいモノについていけなくなるものなんじゃぁ……

頭を悩ませながらもやはり楽しそうな3人。微笑ましいなぁ。

——微笑ましいか、ふふっ。

何気なく眺めながらそんな感想を持った自分自身に少し笑ってしまった。

そっか——やっぱり私はもう大丈夫だ。

彼女たち五期生のやりとり……そのまるで一つの家族のようなやりとりは、昔の自分が見たらもしかすると直視することが出来なかったかもしれない。

でも今はただただ純粋に受け入れることが出来ている。それがなんだか嬉《うれ》しいようなくすぐったいような気がして、気が付けば笑っていた。

「じゃあいいか？　せーので言うぞ？」

「分かった匡さん？　今度こそ貴方も言うのよ？」

「分かっている、今回は意見が一致したんだから言わない理由がないのである」

そんなことを考えている内に、どうやら話が纏《まと》まったようだ。

3人はせーので声を合わせ——

「「「ライブオンに新しい旋風を巻き起こす！！！」」」

そう宣言したのだった。

きっとこれからもハチャメチャな日々は続く、いや人数が増えた分更にカオスな日々になるだろう。

笑いも事件も感動も新しく生まれる、ライブオンでのライバー生活は本当に退屈しない。

そして――なによりそれが楽しみで仕方がない。

新たに入る五期生――そして今まで絆《きずな》を結んできたライバー達――皆が日々と共に親愛を重ね、もっともぉぉぉっと最高な箱になるといいな。

さぁ、ライブのスイッチは常にオンでいこう！

……あっ、いや今のは言葉の綾《あや》であって、配信をずっと切り忘れていようという意味ではないのであしからず……。

エピローグ2　朝霧晴のカステラ返答

ライブオン一期生である朝霧晴。この日、彼女は自分の枠でカステラ返答を行っていた。

「カステラ返答やっていくよー！　そうだ、小腹空いたしおやつでも食べながらやろうかな（ムシャムシャ）」

@前々から聞こうと思ってたんですが、クソ雑魚《ざこ》運って生まれつきなんですか？@

「ふっ、なにを言っているのかな？　私は運が悪くなどないのさ、だってこんなに素敵な仲間達との毎日を手にすることが出来たんだから！」

：おお！

：かっけぇしエモい！

：一期生万歳！

：でも君よりにもよって耐久配信枠を始めた瞬間椅子壊れて立ちながら耐久してたよね
：ワルクラ配信で1枠1全ロスしてんのお前くらいだぞ

：配牌《ハイパイ》で国士無双十三面待ち聴牌《テンパイ》なのに相手の九種九牌で流局したのほんと芸術

「うわあああぁぁん嫌なこと思い出させないでよおおおぉぉ‼　なぜか配信が絡《から》むと神様がフルボッコにしてくるんだよ！　私生活じゃそこまでなのに！　配信者としての才能がありすぎてごめんね？　あはははは‼‼（泣）」

＠ハレルンを見習って股間でガチャを回していますが推しが出ません愛が足りないのでしょうか？＠

「足りないのはお金です。天井までに出たら激運って私の配信見てるなら分かってるでしょ？　あっ、ガチャ関連ならこんなカステラも来てたよ！」

＠ハレルンのガチャ動画とっても（メシウマ的な意味で）好きですけど、ハレルン的にライブオンの中でこの子のガチャ配信見てみたいってライバーは誰ですか？＠

「メシウマなのは気に食わないけどまぁ許してやろう。うーん……誰が見たいかなー……ちゃまっことか？　いい声で鳴いてくれそうだよね！　あとはありっち？　もしソシャゲにあわっちが出たらボックス埋め尽くすまで引くのかな？　あ、あとナイフちゃん！　五期生のダガーちゃんのことね！　あの子金銭感覚まだ普通っぽいから爆死して大金が一気に消えたことに絶望した挙句更にそれを見たリスナーから札束で殴られてお金の価値観破壊されて精神崩壊してほしい！」

：元も子もない回答すんな！
：ちゃみちゃんの鳴き声はコロト〇クの鳴き声くらい中毒性あるからな
：トゥトゥトゥトゥトゥトゥトゥトゥトゥトゥウゥウゥウwwww
：案外鬼畜なハレルンすこ
：ナイフちゃんで笑った、刃物違いや
：曇ったダガーちゃん……ありだな
：最低だ……
@ぶっちゃけチュリり先生の考えてることを理解できましたか？
もし分かるようでしたら普通の人間にも分かるように教えてほしいです、お願いします
（切実）@
「（ムシャムシャ）んぐっ、チュリ先はまじですごいよなぁ……私も最初??ってなった後、三十秒後くらいにああなるほどってなって、その後いやいや分からんってなる」
：晴ちゃんですら負けるのか……
：でも途中なるほどってなってるのやっぱ天才
：理論は分かったけど理解はできないかんじなんやろなぁ
「ここでマル秘情報なんだけど、実はチュリ先を合格させるかどうかはライブオンも過去

一で悩んだんだよ。あのあわっちより悩んだってことだから相当だよね。でも会長とナイフちゃんが五期生になることが決まって、この子達とならいける！　って合格させたの！　結果は今の五期生の仲の良さを見れば分かるよね！　ライブオンの目は慧眼《けいがん》なのだ！」

：そうなんだ！

：激レア情報ありがとうございます！

：どんどん先生が生徒に頭上がらなくなっていく……

：出会いからもう尊い……

：これもう運命じゃん

@世の中には
「♫ドーはレモンのミー」
の派閥がおりますが私は断然
「♫ドーはレモンのソー」
を推しております。
ハレルンはいかがお考えですか？@

「♫ドーはレモンのファーwww って言ってほしいだけだろいい加減にしろ！」

@昔淡雪《あわゆき》ちゃんとコオロギ食べる話してたよね！　進展ないんですか！@

「はい、ここで事務所にあわっちが来た時に録ったこの音声データをどうぞ」

「あわっちー！　一緒にコオロギ食べるよ〜！」

「ひぎゃあああああぁぁ――⁉⁉　やめてええええぇ――‼‼　そんなの近づけないでええぇ――‼‼」

「なんでそんなに動揺してんのあわっち？」

「出会い頭に音声録りながらコオロギ近づけてきたら誰でもこうなるわ‼」

「ちゃんと食用だよ？」

「そこじゃなああああああ――いい‼」

「えー？　でもあわっちさー、収益化記念の時に私に一緒に食べよって言ったよね？　嘘《うそ》ついたの？」

「あれは違うじゃないですか！　その場のノリみたいなところあったじゃないですかぁ！　絶対に嫌です！」

「えー……まぁそんなに嫌なら仕方ないかぁ」

「ふ、ふう、分かってくれましたか、よかった……」

「せっかくこうやって食べてあわっちとイチャイチャできると思ったんだけどなー」

「ちょっと待ってください」

「ん？」

「今なにをしましたか？」

「なにって……コオロギの頭を口に咥《くわ》えてあわちゃんに向けてんーってやったんだよ」

「そ、それって、まさかその一匹を私と分け合うんですか？　しかも口に咥えた状態で私に近づけたってことは――ま、まさか、キスするみたいな体勢で私がお尻側を齧《かじ》るわけないですよね？」

「なに言ってんの、そうに決まってんじゃん！　最初から一緒に食べよって言ってたっしよ！」

「――――」

「でもなー、あわちゃん嫌そうだったからなー」

「待ってください」

「嫌がることを無理にやらせるのは先輩として違うと思うからなー」

「ストップ」

「まぁあれは冗談だったってことで納得しておくよ」

「待てって言ってるじゃないか‼‼」

「お、おおう⁉　そんな必死になってどうしたあわっち？」

「やりましょう！　キス……じゃなかった、今すぐコオロギ食べましょう！」

「キスしたいだけ？」

「はい！　ああ違う嘘嘘《うそうそ》、急にめっちゃコオロギ食べたくなったんです！」

「欲望丸出しだぁ……流石《さすが》に唇くっつけるのはNGにするか」

「えぇ……まぁ私もくっつけると愛《いと》しのましろんが怒りそうだから仕方ないか……」

「でも1ミリまでは許そう」

「はぁ！　はぁ！　はぁ！　はぁ！　や、やりますよ！　本当の本当に1ミリまで行っちゃいますからね！」

「もう本性隠す気ないなこいつ……まぁいいや、んっ！」

「はぁ、はぁ、ごくっ……あ、あぐっ！」

「「ムシャムシャムシャムシャ……」」

「おー、意外と悪くないな、あわっちはどう思う？」

「――――お」

「あわっち？」

「おえ☆ナイスボート☆」

「あわっちいいいいいいぃぃぃぃぃぃ‼‼」

「ということがあったよ！　うーん、あわっちの口には合わなかったみたい……私はこれ悪くないと思うんだけどなー（ムシャムシャ）」

：大草原不可避

：ハレルンが策士すぎる

：配信外でも吐いてんのかあいつ

：ゲロが世界一似合う女

：リバース（嘔吐《おうと》）することで人生をリバース（逆転）させた女

：この世の果てでゲロを吐く少女YU-KI

：淡雪とは1％のゲロと99％のスト◯◯である

：かっこいいようでよくない異名ばっか……

：今ライブオンのことこの世の果てって言った？

：清楚《せいそ》の比率0で草w

……コオロギキス流行《はや》れ……いややっぱいいかな……

……………え？

＠五期生が加入した新しいライブオンに対して、一期生から一言お願いします！＠

「よっしゃ任せろい！　最後くらいバシッと決めるか！　こほんっ！　えー……ライブオンは本当に立派になったね。こんなの、私が設立に関わった時からは想像もできなかった光景だよ。この私でも、ね。正直に言えば、私が事業を立案する以上失敗するとは思ってなかった。でも、こんなに魅力的なタレントが揃《そろ》い、多くの人に愛されるようになるなんて——そして、その中にこんなに充実し、満たされた私がいるなんて——時々、これは夢なんじゃないかって思ってしまう時があるくらいだよ。でも、きっと夢でもいい。だってもしこれが夢なら、この幸せな夢をとめどなく発展させて、やがて夢から現実に侵攻して全てひっくり返してやればいいんだよ！　いつだってハチャメチャでカオスで想像の斜め上を突き進む、それがライブオンなのだ！　——さて、少し話が脱線しちゃったけど、これが現実であれ夢であれ、続けていくには成長が不可欠になるよね。でも、その為《ため》には運営、そしてライバー、これだけでは足りないの。なにが足りないか分かるかな？　そう君！　君の力が必要なんだよ！　私達はいつだってリスナーさん達と共に歩んできたじゃ

「次が最後のカステラだよ！」

ん！　運営が回し、ライバーが届け、そしてリスナーさんに支えられてきたから、ライブオンはここまで成長することが出来たんだよ！　だから、このカステラへの返答はこれだ！　ライブオンを代表して――これからもライブオンをよろしくお願いします‼‼」

あとがき

『ぶいでん』の7巻を手に取っていただきありがとうございます。作者の七斗七《ななとなな》です。

今回のメインはやっぱり五期生ですね、一冊丸ごと使ってご紹介しました。とはいえ、後輩が増えた先輩達も今後変わらず活躍していきますし、五期生もこれからなので、私からも、今後もライブオンをよろしくお願いします。

さて、今回7巻ということで、いつの間にかシリーズを続けてそこそこになりますね。Webも含めるともう三年です。そこで、ちょっとぶいでんの執筆について分かってきたことも多いので、そこをお話ししてみようかと思います。

まず第一に言いたいのが『VTuberをラノベにするのって難しくね？』です。現実の描写をどうするかやV独自の文化、配信画面を絵として使えないなど様々な要因があり、これを悩むことなく書ける人がいるのなら本当に尊敬します。

特にぶいでんは、配信シーンがとても多い上に過激な作風なので、権利の問題やNGワードが増える書籍化以降は窮屈に感じることが多かったです（レ〇って書きたいシーンなのに、ちょっとニュアンスの変わってしまう百合《ゆり》にしないといけないとかあるんです。誰かＮＧじゃなくて同じニュアンスを持つ二文字くらいのワードを作ってくれ……差別したいとかそんな意図は一切無いんや……）。

最近増えてきたＶモノの作品に、Ｖの裏事情やラノベらしさのある要素を組み合わせた作品が多いのは、この事情もあるのではないかと推測なんかもしています。

羨ましいその手があったか！　と思いつつも、私がぶいでんで書きたいのは、主観にはなりますが、創作だからこそ魅せられるVTuberの純粋なVTuberらしい表の面白さという、なんだか王道なのか奇抜なのかよく分からない方向性のお話なんですよね……。まぁ元々そういうテーマで始まったシリーズな以上、今更変えるのは違和感がありますし、様々なリスペクトの形の中で、この主軸を崩さないことがぶいでんが出来る最大限のＶへのリスペクトだとも思っているので、変わることはないでしょう。今ではだいぶ執筆にも慣れましたしね。

ただ、このような難しさがありつつも、読む側からすれば間違いなく魅力のあるジャンルでもあると思っています。ぶいでんの1巻を出した時なんかは、編集さんとの間で、Ｖファンにターゲットを絞ることのハードルの高さなどが話題に上ったりもしましたが、今ではＶがどんどん世の中に浸透しているので、いずれ気にならなくなるのではないでしょうか。

Ｖモノが増え、ラノベ界隈《かいわい》が盛り上がると同時に、創作界隈からＶの浸透の手助けになることは、個人的にもすごく嬉《うれ》しいので、興味がある方は一度チャレンジしてみてはいかがでしょうか？　Ｖらしさの追求やＶとラノベらしさの融合、その他にもきっとあるはずです。

私より前にＶを小説に取り入れていた人は普通にいるので、このようなことを書いたのも恐縮ではあるのですが、自分の好きなものが広がるのは嬉しいことですね。

最後に、７巻の制作に協力してくださった皆様、そして応援してくださる皆様、いつも本当にありがとうございます。８巻でまたお会いしましょう。

富士見ファンタジア文庫

VTuber《ブイチューバー》なんだが配信《はいしん》切《き》り忘《わす》れたら
伝説《でんせつ》になってた7

令和5年6月20日　初版発行
令和6年6月15日　4版発行

著者——七斗《ななと》七《なな》

発行者——山下直久
発　行——株式会社KADOKAWA
〒102-8177
東京都千代田区富士見2-13-3
0570-002-301（ナビダイヤル）
印刷所——株式会社KADOKAWA
製本所——株式会社KADOKAWA

ISBN978-4-04-074982-2 C0193 ◆◇◇

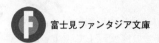

最強の初恋
シリーズ
好評発売中!
ファンタジア文庫

騙しあい。

各国がスパイによる戦争を繰り広げる世界。任務成功率100%、しかし性格に難ありの凄腕スパイ・クラウスは、死亡率九割を超える任務に、何故か未熟な7人の少女たちを招集するのだが――。

シリーズ
好評発売中！

ファンタジア文庫

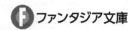

世界最強の
“不可能任務”に挑む少女たちの
痛快スパイファンタジー！
スパイ
教室
竹町
illustration
トマリ